당신의 주말은 몇 개입니까

에쿠니 가오리 사랑 에세이

당신의 주말은 ─── 몇 개입니까

에쿠니 가오리 지음
김난주 옮김

소담출판사

いくつもの週末

Ikutsumo no Shûmatsu

Copyright © 1997 by Kaori Ekuni

First published in Japan in 1997 by SEKAI BUNKA PUBLISHING INC., Tokyo

Korean translation rights arranged with Kaori Ekuni

through Japan Foreign-Rights Centre/Shinwon Agency Co.

차례

공원 ——————————— 9

비 ————————————— 17

외간 여자 ————————— 27

월요일 ————————— 37

밥 ————————————— 45

색 ————————————— 53

풍경 ————————————— 61

노래 ————————————— 71

벚꽃 드라이브와 설날 ——— 81

혼자만의 시간 ————————— 91

자동판매기의 캔 수프 ——— 101

방랑자였던 시절 ————————— 111

고양이 ————————————— 121

어리광에 대해서 ——————— 129

킵 레프트 ——————— 137

RELISH ——————————— 145

끝으로 | 에쿠니 가오리 — 155

작품 해설 | 이노우에 아레노 — 157

옮긴이의 말 | 김난주 — 165

We usually

weekend together...

오늘도 우리는 같은 장소에서
전혀 다른 풍경을 보고 있다.
생각해 보면 다른 풍경이기에 멋진 것이다.
사람이 사람을 만났을 때,
서로가 지니고 있는 다른 풍경에 끌리는 것이다.
그때까지 혼자서 쌓아 올린 풍경에.

공원

公園

주말의 공원은 평일과는 달리
색상이 화려하다.

널찍한 공원 옆 좁다란 아파트로 이사한 지 2년이다. 봄이면 온 동네에 흐드러지게 벚꽃이 피고, 가을이면 단풍 든 나뭇잎들이 살랑살랑 바람에 흔들리는 아름답지만 조금은 불편한—역이 멀고, 식료품과 생필품을 살 수 있는 가게도 멀다—주택가다. 역이 멀어 회사에 다니는 남편은 꽤나 불편하겠지만, 조용해서 산책하기에도 좋고 한동네에 맛있는 레스토랑이 몇 군데나 있어 나는 마음에 든다.

이곳에서의 생활은 조금은 슬프고, 대체로 평화롭지만 불행하다.

종종 버스를 탄다. 역이 먼 대신 버스가 사방으로 다닌다. 노선도 복잡하고 행선지가 서로 다른 다양한 버스들이

한 정거장에 서기 때문에 알기가 쉽지 않다. 나는 원래 지리에 약해서 낯선 버스를 타면 불안감에 가슴이 두근거리는데, 때로는 가벼운 소풍이라도 가는 것처럼 신이 나기도 한다.

내 일상의 주된 요소는 일과 목욕과 남편이다. 그 틈틈이 치과에 다니고 공과금을 내러 가고, 책을 읽고 청소와 빨래도 하고, 간식과 술과 사람과의 약속이 끼어든다.

가끔은 공원에도 간다. 공원은 계절과 시간과 요일에 따라, 전혀 다른 얼굴을 보여 준다.

그 가운데 가장 상쾌한 것은 아침의 공원이다. 아직 아무도 들이쉬지 않은 공기는 맑고 산소로 충만하다. 사물의 윤곽이 또렷하고, 온 세계가 싸늘하게 젖어 있다.

하기야 아침잠이 많은 나는 빵을 사러 갈 때나 아침의 공원을 지난다. 버스를 타고 20분 정도 가는 거리에 맛있는 빵을 파는 가게가 있다. 그래서 일주일에 두 번쯤 그곳에 간다. 아침 7시에 문을 여는 그 빵 가게에서는 갓 구운 빵을 살 수 있다. 양복을 말쑥하게 차려 입은 남편―이 사람은 빵을 별로 좋아하지 않는다, 아침은 고작 커피나 과일이다―을 회사에 보낸 뒤, 세수를 하고 립스틱만 바르고 집

을 나선다. 그 빵 가게에는 스툴이 몇 개 놓여 있고 커피도
마실 수 있다. 큰길가에 있는 반지하라서 오가는 사람들의
다리가 보이고, 자동차와 버스의 타이어도 보인다. 나는 이
곳에서 에스프레소를 마시고 빵을 한 개 먹는다. 비가 오는
날에는 나도 모르게 오래 머물고 만다. 아침에 회사원과 학
생들에 섞여 버스를 탈 때는 왠지 불안하지만—막 일어난
터라 잠도 덜 깼고, 예쁘게 화장한 여자들 속에서 세수만
겨우 한 얼굴이 썰렁하고 볼품없다—빵이 담긴 봉투를 들
고 돌아갈 때는 기운이 넘친다. 버스에서 내려 다시 공원을
가로질러 집으로 돌아간다.

혼자 있고 싶을 때는 밤에 공원에 간다. 금요일과 토요일
에는 사람들이 많아 재미있다. 트럼펫이나 클라리넷을 연
습하는 사람이 한둘은 꼭 있어, 그 폭력적이며 감상적인 음
색이 귀를 적신다. 나는 한참을 육교 위에 서서 서글픈 마
음으로 그 소리를 듣는다. 마음이 서글픈 것은 간혹 남편과
말다툼을 하고 난 다음이라서다. 그런 때 밤의 공원은 물
속 같다.

공원에 가장 잘 가는 시간대는 낮이다. 책 말고도 여름에
는 바르는 모기약, 겨울에는 무릎 덮개를 들고 나간다. 평

일 낮의 공원은 어린아이들과 젊은 엄마와 노인과 개들과 산책하는 사람들의 장소다.

공원 안에 돼지 공원이란 장소가 있다(말 공원도 있다). 안내도에 그렇게 적혀 있는 것을 보고 돼지가 있는 줄 알고 신이 나서 가 보았더니, 그네와 산 모양 미끄럼틀과 네모난 모래 놀이터 사이에 돼지 조각상이 있는 그냥 아동 공원이라 실망이 컸다. 그런데도 나는 그 돼지 공원이 마음에 들어서, 그곳에 놓여 있는 조그만 벤치에 앉아 시간을 보낸다. 그러다 싫증이 나면 분수를 보러 가고, 그러고는 계단에 앉아 책을 읽는다.

읽는 책은 거의 추리 소설이다. 그런 습관은 결혼하고 생긴 것이다. 결혼하기 전, 나는 다소의 예외를 제외하고는 추리 소설이란 것을 별로 좋아하지 않았다. 그런데, 지난 2년 사이에 바뀌고 말았다. 요즘 읽는 추리 소설 가운데서는 마릴린 보레스의 『탄식하는 비』, 로셀 매저 크리히의 『얼어붙은 놀이』가 재미있었다. 페이 케러먼이나 퍼트리샤 콘웰, 메리 히긴스 클라크도 결혼하고서 탐독했다. 지금은 추리 소설이 없으면 아내로서 생활할 수 없을 정도다. 아파트에 혼자 있다 보면 외롭고 따분하다. 그러면 온갖 상념이 밀려온다. 하지만 생각하지 않는 편이 오히려 좋은 일들도 많으니까, 그런 때 대신 살해당한 맥건과 실종된 레네이, 유괴된 조주를 생각하면 된다. 그러다 보면 결국은 매듭이 지어진다. 아마도 매듭이 지어지지 않는 장소를 낯설어하기 때문이리라. 나는 때로 매듭을 짓지 못해 안달한다.

내가 이런데, 남편까지 이런 성격이라면 보통(어쩌면 간단한) 일이 아니다. 다행히 그렇지는 않아, 내가 매듭에 대해 지나치게 생각하면 남편은 매듭 따위는 본 적도 들어 본 적도 없다는 듯이 행세한다.

결혼하기 전에는 남편과 둘이 종종 공원에 갔다. 낮잠을 자고 캔 녹차를 마시고 산책을 하고 배드민턴도 쳤다. 언젠가 같이 살게 되면 공원 옆이 좋겠다고 말했고, 그 말대로 됐다. 다만 그때 생각했던 것만큼 자주 산책을 하지는 않는다. 비디오 대여점에 테이프를 돌려주러 가거나 버스를 타려고 그 옆을 슬쩍 지나치는 정도다.

하지만 그런 때조차 공원은 드높은 하늘과 시원한 공기, 살랑살랑 흔들리는 나뭇잎 소리, 아름다운 나뭇가지, 계절의 추이와 비 내음을 머리 위에 선사해 준다.

"산책하러 나갈까?"

아주 가끔 남편이 이렇게 말한다. 나는 단박에 가자고 대답한다. 늘.

주말의 공원은 평일과는 달리 색상이 화려하다. 일요일 낮에는 알뜰 시장도 서고 핫도그를 파는 트럭도 등장한다. 우람하고 멋들어진 개를 차에 태워 오는 사람도 있다. 고등학생들도 많고, 그 가운데는 커플도 간혹 있다.

남편은 신문을 사랑해서 공원에 갈 때면 반드시 두세 가지 신문을 지참한다. 햇살이 따끈한 돌계단에 앉아 신문을 읽는 남편 옆에서 나는 추리 소설을 읽든지 멍하니 사방을 바라본다.

이런 때, 평일의 공원에서 만나던 어린이들과 마주치면 몹시 거북하다. 남편이란 공정하지 못하다는 생각이 들어서다. 왜인지는 모르겠지만.

비

雨

비는
소염 작용을 한다고 생각한다.

비를 좋아해서, 비가 내리면 비를 본다. 창문을 열어 놓고 바라본다. 빗소리를 듣고 비의 내음을 맡는다. 친정에서는 엄마도 여동생도 그랬다. 조그만 마당과 건너편 지붕, 낯익은 풍경이 비에 젖은 모습을 본다. 빛나는 아스팔트, 낮게 가라앉은 하늘, 물기를 담뿍 머금고 이파리 하나하나를 떠는 나무. 우리는 다들 비를 좋아해서 비가 내리면 창문을 열어 놓는다.

"아, 비 구경해야지."

비 내리는 날, 내가 그렇게 중얼거리며 창문을 열어 남편은 이상하게 생각했다고 한다.

"아까 봤잖아."

그러고 보니 남편은 종종 그런 말을 했다.

하지만 물론, 비는 몇 번이든 상관없이 보고 싶다. 아침에 내리는 비와 오후에 내리는 비, 밤에 내리는 비가 저마다 다르고 창문에 따라서도 보이는 풍경이 다르다. 비가 막 내리기 시작했을 때면 먼지 낀 공기의 냄새도 맡고 싶고, 질리도록 쏟아질 때면 그 시원스런 냄새를 맡고 싶다.

게다가 이상하게 생각한 것은 나도 마찬가지다. 일찌감치 빗소리를 감지하고,

"비야, 봐봐."

하고 말하면서 신나게 창문을 열고서 온 세상이 비에 젖는 것을 기다렸다가, 지금쯤이면 말이 들리려나 싶어 천천히,

"비 구경하자."

라고 제안해 보지만 남편은 읽고 있는 신문이나 잡지에서 눈길을 떼지 않고, 응, 아니, 어어, 하고 무심한 대답만 한다. 그런 남편을 보면서, 이 사람은 비가 보고 싶지 않은가 하고 내심 고개를 갸웃했다.

그러다 시간이 흐르면서 서로에게 익숙해졌다. 우리는 서로에게 다가서는 일이 좀처럼 없기에, 같은 방에 있으면

서도 각자 다른 일을 한다. 한 우리에서 사는 두 마리 동물처럼. 더구나 서로의 생활 패턴을 속으로는 우습게 여기면서 겉으로는 각자가 알아서 할 일이라며 간섭하지 않는다.

나와 남편은 취향이 전혀 다르다. 좋아하는 음악과 좋아하는 음식도 다르고, 좋아하는 영화와 좋아하는 책도 다르고, 뭘 하면서 노는 것을 좋아하는지도 다르다. 그래도 아무 상관없다고 생각해 왔고, 오히려 다른 편이 건전하다고도 생각하지만, 그래도 가끔은 같으면 좋았을 텐데, 하고 생각한다. 모든 것이 같았으면 좋았을 텐데, 하고.

비 내리는 날, 남편은 텔레비전을 보고 신문을 읽으면서 차를 마신다. 크림을 듬뿍 넣은 시나몬 티다. 때로는 신문을 펼쳐 놓고 손톱을 깎기도 하고, 전기 면도기를 청소하기도 한다. 남편은 놀랍게도 하루 종일 텔레비전을 켜 놓는다. 나는 텔레비전은 별로 좋아하지 않지만, 아무 생각 없이 보다 보면 다양한 색이 흘러넘쳐 꽤 예쁘다. 비 내리는 날은 특히. 화면과 나 사이에 한쪽 무릎을 세우고 앉아 있는 남편의 등이 조그맣고 뾰족한 산처럼 보인다. 그는 원래 등이 약간 굽어 있다. 나는 텔레비전을 보면서 신문을 읽으면서 차를 마시면서 발톱을 깎는 남편의 등을 쳐다본다.

그러고는 밖으로 나간다. 그리고 이웃 주차장에서 비에 젖은 차들을 바라본다. 회색 세단도 빨간 소형차도, 하얀 밴도 짙은 감색 사륜구동차도, 보통 때보다 한결 생동감 있어 보인다. 차란 젖어 있는 편이 아름답다고 생각한다. 주차장 옆 새로 지은 주택 앞에 꽂혀 있는 급매란 빨간 깃발도 젖어 있다.

"비 구경하고 왔어?"

집으로 돌아가면 남편이 묻는다.

"응."

하고 나는 대답한다. 남편은 또 차를 마신다.

남편은 우산을 들고 다니는 것을 싫어해서, 부슬부슬 내리는 비는 그냥 맞고 다닌다. 결혼하기 전, 몇 번이나 젖은 모습으로 약속 장소에 나타났다. 아침부터 계속 비가 내렸는데, 왜 이 사람은 우산을 갖고 다니지 않는 것일까, 하고 이상하게 생각하고, 혹시 어젯밤에 외박을 한 것은 아닐까, 하고 의심도 했지만 결국은 우산을 갖고 다니기가 귀찮았을 뿐이었다. 그래서 어쩔 수 없이 한 우산을 쓰게 되는데, 키 차이가 너무 심한 탓에 우산이 내 머리 위에서 한참 떨어진 곳에 있어, 빗방울이 얼굴에 떨어지곤 했다. 그래서 언젠가 남편에게 분명하게 말했다. 나는 누구와 함께 우산 쓰기를 아주 싫어한다고. 너무 답답하다고.

이런 일도 있었다.

결혼한 지 1년 남짓 지났을 때다. 아침에 남편을 보내 놓고 한숨 더 자고 점심때쯤 일어났다. 눈을 뜨니 비가 내리고 있고, 온 집 안이 어두컴컴했다. 나는 멍하니―그러나 신기하게도 아주 차분한 기분으로―대체 내가 여기서 뭘 하고 있는 거지, 하고 생각했다.

비는 소염 작용을 한다고 생각한다. 그러니까 가령 감정의 기복―예를 들면 연애―이 어떤 유의 염증이라고 한다면 비는 매우 위험한 것이라고 할 수 있다.

작년에는 정반대되는 일이 있었다. 여름에 남편과 신슈를 여행했다. 자세한 얘기는 생략하지만, 아무튼 위험한 상황이었다. 둘 다 그렇다는 것을 알고 있었기에 오히려 평온하고 침착했다. 하기야 그때까지가 터프했다―지금도 그렇지만, 남편과 나의 생활은 겉으로야 어떻든 날마다 애증이 엇갈린다.

도쿄를 벗어났을 때는 태양이 반짝반짝 빛났는데, 도중에 점점 하늘이 어두워지더니 비를 뿌리기 시작했다. 호우.

나가노에 들어서서는 거의 하늘이 무너져 내릴 것처럼 쏟아졌다. 와이퍼는 열심히 움직이는데 앞이 보이지 않았다. 길 여기저기에 통행금지 팻말이 세워졌다. 저녁때는 전철도 운행이 중단된 모양인데, 아무튼 우리는 목적지에 도착했다. 그리고 그곳에 갇히고 말았다.

아무리 비를 좋아한다지만, 오금이 저릴 정도였다. 이튿날 아침에는 호텔에서 한 걸음도 나갈 수 없는 상황이었다. 홍수 경보인지 호우 경보인지가 내려졌고, 낮에는 동네 사람들이 호텔로 피난하는 대소동이 벌어졌다. 숲속에 있는 아담한 호텔이었는데 나와 남편은 그곳에서 사흘을 묵었다. 다행히 그럴싸한 레스토랑이 있어 맛있는 프랑스 요리를 먹을 수 있었다. 방에는 널찍한 목욕탕도 있고, 커다란 유리창으로는 숲이 보였다. 나는 거의 하루 종일 욕조에 몸을 담그고, 숲에 내리는 비를 바라보았다. 목욕탕에서 나오면 캔에 들어 있는 마티니 소다와 진토닉을 마시고, 침대에 벌렁 누워 책을 읽었다. 남편은 내내 텔레비전을 켜 놓고 신문을 읽거나 낮잠을 잤다. 서로 말도 별로 하지 않았다.

비가 그치고 거짓말처럼 하늘이 쨍하게 개인 사흘째, 우리는 도쿄로 돌아왔다. 혼자 있고 싶은 쓸쓸한 기분은 말끔

하게 사라지고 없었다.

비가 내리면 많은 추억이 떠오른다.

언젠가 결혼할지도 모른다.

처음 그런 생각을 했을 때도 비가 내렸다. 이른 여름, 나는 독일에 있었다. 뽀얗게 물기를 머금은 숲이 정말 아름다웠다.

그리고, 나는 또 창밖을 내다본다. 한밤에 내리는 비는 유독 상쾌하다. 침대에 무릎을 껴안고 앉아 창밖에 내리는 비를 마음껏 바라본다. 비에 깨끗하게 씻긴, 시원하고 상쾌한 공기가 폐 속 깊숙이 흘러든다.

"안 추워?"

뒤에서 자고 있던 남편이 꿈지럭거리며 작은 소리로 말한다. 어, 미안, 하고 나도 작은 소리로 대답하고 창문을 닫고는 이불에 파고든다. 그리고 남편의 몸에 매달려 잠든다. 후드득, 창문과 벽을 두드리는 빗소리가 들린다.

외간 여자

よその女

얼마 전까지만 해도
나 역시 외간 여자였다.

때로, 외간 여자가 되고 싶다고 생각한다. 외간 여자란 요컨대 아내가 아닌 여자.

　아침, 남편이 샤워를 한다. 수염을 깎고 이를 닦는다. 막 세탁소에서 갖다 준 와이셔츠를 입고 넥타이를 매고, 검정 색 양복을 입는다─남편은 양복이 잘 어울린다.

　그런데, 시간이 없다.

　침대에서 커피를 마시고 있는 나에게 얼굴 한 번 보여 주 지 않고 남편은 현관을 뛰쳐나간다. 구두를 신는 시간조차 아깝다는 듯이.

　그 순간의 황망함에는 전혀 길들지 않는다.

　할 말이 있었는데.

뒷모습을 보면서 생각한다. 어떤 말이었는지는 모르겠지만, 아무튼 할 말이 있었는데.

밤이 되면 남편은 돌아온다. 하지만 그때의 남편은 아침의 남편과는 다른 사람이다.

아침의 남편은 약간 냉담하다. 하지만 나는 그에게 할 말이 있었다. 대외적인 얼굴이라고 하면 그뿐이겠지만, 내게는 보이고 싶지 않은 얼굴. 아침의 남편은 그런 얼굴이다.

나는 베란다에 있는 화분에 물을 준다. 목욕을 하고 일을 한다.

남편은 지금쯤 외간 여자에게 "안녕"이라고 인사할지도 모른다. 외간 여자의 눈에 남편은 예의 바르고 인상 좋은 남자로 비치리라.

"외간 여자가 누군데?"

늘 부부 금실이 좋아 보이는 친구이자 여성 편집자인 K가 묻는다. 역 앞에 있는 상제르망에서 쇼트케이크를 먹으면서.

물론 나는 금방 대답할 수 있다. 남편과 같은 전철을 탄 여자, 같은 회사에 다니는 여자(아마도 예쁜), 다른 회사에 다니는 여자(아마도 예쁘지는 않지만 고운 목소리로 가끔 전화를 거는).

하지만 그렇게 말하면 K가 내 머리가 어떻게 된 것 아닐까 하고 생각할 것 같아 잠자코 있었다.

"집착 아니야?"

K는 그렇게 말하고, 남은 홍차를 다 마시고는 창밖을 본다.

"날씨 좋다."

눈을 어슴프레 뜨고 그렇게 말한다. 나는 할 수 없이 고개를 끄덕이고,

"그래, 날씨 참 좋다."

라고 대답했다.

돌아오는 길, 공원을 지나면서 나는 생각한다.

남편은 외간 여자를 좋아하지는 않으리라. 하지만 좋은 사람이라고는 생각할 것이다. 그녀는 늘 인상이 좋으니까. 외간 여자니까. 화를 내면서 울지도 않고 남편의 결점을 지적하지도 않으니까.

'엄마가 결혼은 재산을 노리고 해야 된다고 그랬는데, 정말 그 말이 맞아. 사랑해서 결혼했는데, 이 모양 이 꼴이니.'

이 대사는 카터 브라운의 〈젤다〉의 한 구절. 여기서의 젤

다는 피츠제럴드와는 무관하다. 다나카 고미마사 씨의 절묘한 번역이 돋보이는 속도가 빠른 추리 소설이다.

가끔은 외간 남자를 만난다. 외간 남자는 아주 친절하다. 예의 바르고, 얘기도 많이 해 준다. 나와 내 일을 칭찬해 주고, 잔이 비기 전에 재빨리 한 잔 더 주문해 준다. 물론 나는 외간 남자의 그런 배려가 반갑지는 않지만, 남편이 그렇게 해 주면 얼마나 좋을까 하고 생각한다. 그리고 이 남자도 자기 아내에게는 이렇게 친절하게 굴지 않겠지, 하고 생각한다.

결혼할 때, 남편에게 약속 받은 일이 한 가지 있다. 앞으로 무슨 일이 있어도 외간 여자에게 초콜릿을 선물하지 않는다는 약속이다. 꽃다발이나 구두, 가방, 장신구는 상관없지만, 초콜릿은 안 된다고.

나는 초콜릿을 좋아해서, 맛있는 초콜릿은 언제 받아도 신이 난다. 뿐만 아니라 예쁜 상자에 리본까지 묶여 있는 초콜릿은 그것만으로도 왠지 '특별한' 느낌이 든다. 행복의 상징. 사랑의 선물.

아주 개인적인 의견이지만, 나는 옛날부터 초콜릿은 남자가 여자에게 선물하는 것이라고 생각하고 있다. 그래서 남자에게 초콜릿을 선물한 적이 한 번도 없다. 달콤하고 사치스럽고, 입 안에서 쾌락과 함께 녹는 초콜릿은 남자가 여자의 마음을 녹이기 위해 존재하는 것이라고 생각하니까.

연애를 하면서 한 약속은 대개 무의미해서, 가령 다른 사람은 절대 사랑하지 않겠노라고 약속했다 한들 소용없는 일이라는 것을 잘 안다. 일이 그렇게 되었다면 그렇게밖에 될 수 없었던 것이고, 또 약속 때문에 그런 기회를 놓치기를 바라지도 않는다. 그러나 가령, 어떤 특별한 사람에게 선물을 하게 되었을 때, 초콜릿을 피하는 정도는 가능하지 않을까 하고 생각한다. 깜찍한 쿠키나 꽃다발을 선물하면 되니까. 나는 그때의 성실함을 오히려 신용한다.

"오늘, K 만났어."

밤, 돌아온 남편에게 내가 보고한다.

"어디서?"

"상제르망."

"잘 지낸대?"

"응."

이삼 일 전 아사히 신문에 요즘 젊은이들은 누워 뒹구는 시간이 많다는 기사가 실렸는데, 우리 남편이야말로 누워 뒹굴기의 명수다. 그래서 나는 남편의 뒤통수만 보고 사는 듯한 기분이다. 남편은 그렇게 뒹굴다 잠이 든다. 천하태평하게 코를 골면서.

얼마 전까지만 해도 나 역시 외간 여자였다.

방 안은 조용하고, 소리를 지운 텔레비전에서는 휘황한 빛만 넘쳐난다.

"침대에서 자."

나는 남편을 흔들고 잡아당긴다. 남편은 성가시다는 듯 얼굴을 찡그린다.

"여기서 자면 온몸이 쑤시고 아프니까 침대에서 자라고."

이런 때, 외간 여자가 그렇게 하듯 아무 말 없이 살짝 담요만 덮어 주면, 다음 날 반드시 이런 말을 듣고 만다.

"왜 침대에서 자라고 그러지. 밤새 바닥에서 잤더니 온몸이 쑤시고 아프잖아."

한참을 흔들고 잡아당겨서야, 남편은 투덜투덜 일어선다.

"거, 되게 귀찮게 구네."

나는 왜 내가 귀찮게 여겨져야 하는지 몰라 떨떠름한 기분을 느끼면서 침실로 들어가는 남편의 뒷모습을 멍하니 바라본다.

　남편은 가끔가다 내게 초콜릿을 사다 준다. 생일이나 크리스마스, 무슨 기념일 같은 때. 내가 좋아하는 초콜릿은 린트나 메테르의 단순한 것. 은색 상자에 들어 있는 SWISS THINS나, 핑크색 동그랗고 조그만 상자에 들어 있는 마거릿. 나는 남편에게 초콜릿을 선물받을 때마다, 나를 외간 여자에서 자기 여자로 만든 남편이 사과하는 뜻으로 건네는 선물이라고 생각한다.

월
요
일

月曜日

들러붙어 있기에 이렇듯 마음이 슬픈 것이다.
그런데도 어쩔 수 없이 들러붙고 만다.

어머, 아직 자?

감기 걸렸어?

통화를 하면서 이런 말을 듣는 날은 늘 월요일이다. 월요일의 나는 진이 빠져서 축 늘어져 있다. 아주 드문 일이지만, 어떤 날은 하루 종일 침대에서 일어나지도 못한다. 목소리까지 쉰 적도 있다.

모든 일이 주말에 벌어지기 때문이다. 결혼한 후, 나의 에너지는 거의 주말에 소모된다.

주말은 특별하다. 아침에 남편과 함께 신문을 사러 편의점에 가는 것까지도 기쁘다.

얼마 전까지 내게는 주말이란 개념이 없었다. 회사에 다니지 않았기 때문이다. 부러운 일이라고 할지도 모르겠지만, 토요일이든 일요일이든 나는 그저 일을 했을 뿐이다.

그런데 남편을 만나고 나서 변했다. 남편과는 주말에만 놀 수 있으니까.

그것은 획기적인 일이었다. 전에도 몇 번인가 연애는 했지만, 주말이란 개념을 갖고 있는 사람과 연애를 하기는 처음이었다.

나는 단박에 주말이 좋아졌다.

주말이면 도로든 거리든 극장이든 놀이 공원이든 찻집이든 레스토랑이든 소스라칠 정도로 복잡했지만, 전혀 상관이 없었다.

그리고 주말을 좋아하는 것은 지금도 여전하다.

남편의 생활은 아주 규칙적이다. 나는 회사란 과연 어떤 곳일까 하고 때로 불가사의하게 생각한다. 한 사람의 어른을―그것도 원래부터 규칙적이었다고는 도저히 여겨지지 않는 성격의 한 남자를―이렇듯 제압하고, 더구나 그런 상황을 당연하게 받아들이게 하는 장소.

가끔은 회사를 쉬고 어디 좀 놀러 가자고 해도 남편은 절대 고개를 끄덕이지 않는다.

그리고 회사에 가면 꽤나 힘이 드는지 집에 돌아오면 밥을 먹기가 무섭게 자 버린다. 처음에는 어이가 없었다. 겨우 8시밖에 안 된 적도 있었으니까. 따분하고 심심해서 흔들어 깨워도 보았지만 헛일이었다. 그때 나는 주말이란 개념을 재발견했다.

나는 일하는 시간과 개인적인 시간을 나눠 하루를 생활하고 있는데, 남편은 일주일을 그런 식으로 나눠 생활하는 셈이다. 평일에는 일하고, 주말에는 개인적인 취미 생활을 하고.

놀랍게도 평일에는 개인적인 즐거움을 포기하는 듯하다. 어쩔 수 없는 일이다.

나는 밤에 일하거나 책을 읽다가 남편이 그리워지면 잠든 얼굴을 보면서 만족하기로 했다.

그래도 따분하면 밤마실을 하러 나가는데, 마실이라고 해 봐야 택시를 타고 밤새 문이 열려 있는 책방에 가는 정도라 기껏해야 왕복 1시간 반이다. 참으로 소박하다. 책방이 아니면 밤새 영업하는 패밀리 레스토랑에서 커피를 마시든지, 공원 옆에 있는 육교에서 오가는 차를 바라본다. 밤은 기분이 맑아 좋다. 그렇게 돌아다니는 동안 집에서 남편이—물론 쿨쿨 자고 있을 테지만—기다리고 있다고 생각하는 것도 좋다. 돌아갈 장소가 있는 것은 좋은 일이다.

그렇게 나는 주말을 기다린다.

주말은 압도적이다. 매주마다 남쪽 나라의 섬으로 바캉스를 떠나는 기분. 하기야 우리는 둘 다 활동적인 편이 아니라서 실제로는 차분하기 짝이 없다. 내내 잠만 자거나, 할인 매장에 가는 정도.

그런데도 월요일이면 지쳐서 축 늘어지는 것은 그 이틀 동안 온 신경을 곤두세우고 남편과 마주하는 탓인 듯하다. 남편은 나더러 '만사 지나치게 생각하는 성격'이라고 한다. 남편과 함께 있을 때면 나는, 이 사람과 한시도 떨어져 있고 싶지 않다고 생각하든지, 이제 모든 것이 끝이라고 결심하고 있든지 둘 중의 하나다. 죽느냐 사느냐다. 아마도 누구와 함께 있다는 것에 익숙하지 않은 탓이리라.

주말은 늘 남편과 함께 지낸다. 그리고 거의 주말마다 티격태격한다. 사소한 말다툼에서 폭풍우 같은 싸움까지. 우리 둘만의 남쪽 섬에서.

어렸을 때 동생과 싸움을 하면, 엄마는 늘 그렇게 싸움만 할 거면 떨어져 있으라고 했다. 그렇게 들러붙어 있으니까 싸우는 것이라면서.

남편하고도 그렇다. 남편은 어질러 놓기만 하고 치울 줄을 모르는 데다 만사에 무심하고 감정을 경시(한다고 생각한다)하는 경향이 있고, 나는 참을성이 없고 감정적이고 양보를 모른다(고 남편이 그런다). 그래서 우리 부부 사이에는 싸움거리가 끊이지 않는다.

들러붙어 있기에 이렇듯 마음이 슬픈 것이다.

정말이지 절실하게 그런 생각을 한다. 그런데도 어쩔 수 없이 들러붙고 만다. 우리 둘은 때로 말로 형용할 수 없이 외롭다(혼자일 때의 고독은 기분 좋은데, 둘일 때의 고독은 왜 이리도 끔찍한 것일까).

마침내 남쪽 나라 섬에서의 바캉스는 끝이 나고 평일이 돌아온다.

월요일 아침, 나는 회사로 가는 남편이 싫어서 그만 입이 부루퉁해진다. 어서 다음 주말이 오면 좋을 텐데, 하고 생각하면서 현관에다 구두를 내놓는다. 그리고 남편을 배웅하고 난 순간, 나 자신도 놀라울 만큼 안도감의 물결이 밀려온다. 안도와 피로, 그리고 잠.

나는 침대로 돌아와 죽은 듯이 잠을 잔다. 평일이다. 다시 눈을 뜨면 청소도 하고 빨래도 하자, 일도 꽤 진척이 있을 것이다. 저녁때가 되면 칵테일을 만들어 가볍게 한잔 하자. 창문도 활짝 열고, 오늘 하루를 멋지게 보내리라. 남편은 창문을 열어 놓으면 왜 그렇게 싫어하는지 모르겠다.

현관을 나설 때 그토록 아쉬워하던 아내가, 문을 닫는 순간 이런 생각을 하리라고는 상상도 못할 것이다.

우리는 많은 주말을 함께 지내고 결혼했다. 늘 주말 같은 인생이면 좋을 텐데, 하고 마음속으로 생각한다. 하지만 알고 있다. 하루하루가 주말 같다면 우리는 보나마나 산산이 조각나리라는 것을.

남쪽 나라 섬에서의 산산조각.

하기야 다소 동경을 품고 있기는 하지만.

밥

ごはん

항상 같은 사람과 밥을 먹는다는 것은 멋진 일이다.
먹은 밥의 수만큼 생활이 쌓인다.

한동안 나 홀로 여행을 하지 못했다.

그런 생각이 드는 순간, 갑자기 여행을 떠나고 싶어졌다.

나는 이런 때는 행동이 재빠르다. 수첩을 펼치고, 스케줄을 생각하고, 9월에는 여행을 떠나자고 결심했다. 여권의 유효 기간이 끝나, 그날 산책하는 길에 사진을 찍고 구청에서 서류를 받아 와 다음 날 신청서를 냈다.

밤, 회사에서 돌아온 남편에게 대뜸 말을 꺼냈다.

"나, 9월에 여행할 거야."

양복과 넥타이, 와이셔츠와 양말을 여기저기 벗어 던지던 남편이, 옷을 벗다 말고 어안이 벙벙한 표정으로 나를 보며 이렇게 말했다.

"그럼, 밥은?"

이번에는 그 말을 들은 내가 어안이 벙벙했다.

밥?

몇 초 동안, 둘 다 말이 없었다. 그리고 간신히 내가 말했다.

"밥? 첫마디가 그거야?"

지금 외출을 하는 거라면 몰라도 앞으로 몇 달 후에 여행을 간다는데, 그 말을 듣고 처음 하는 소리가 어디?가 아니고, 며칠 동안이나?도 아니고, 밥은?이라니.

나는 나의 가장 큰 존재 가치가 밥에 있다는 소리를 들은 것만 같아 슬펐다.

하지만 이런 유의 일은 흔히 벌어진다.

밥.

결혼하고 두세 달 지나면 결혼 생활에서 밥이 얼마나 큰 관건인지 싫어도 깨닫게 된다. 회사에서 돌아오면 밥을 먹고 자는 그 일련의 행동에 군더더기 하나 없는 남편의 모습을 보다 보면 마음속에서 예의 진부한 의문—이 사람, 혹시 밥 때문에 나랑 결혼한 거 아니야—을 떨어내기가 어렵다.

그래서 그날은 저녁밥을 짓지 않았다. 회사에서 돌아온 남편은 아무것도 없는 식탁과 깔끔한 부엌을 보고는 이상하다는 표정을 지으며 밥은? 하고 물었다. 양복과 넥타이와 와이셔츠와 양말을 벗어 던지면서.

"없어."

나는 그렇게 대답했다.

"왜?"

"안 했으니까."

나는 남편이 벗어 던진 양복 상의와 바지를 주워 들면서 대답한다. 남편은 잠시 말이 없다가 심각한 표정으로, 왜? 라고 다시 물었다.

"안 했다니까."

나는 대답하고, 메밀국수 시켜 먹지 뭐, 하고 제안했다.

"메밀국수?!"

남편이 이상한 목소리로 말했다.

"지금 문을 연 메밀국숫집이 어딨다고."

밤 10시 반 정도였다. 결국 우리는 그날 차를 타고 나가 데니스에서 저녁을 먹었다.

그런데 역효과가 나고 말았다. 매일 밥을 지어 놓고 기다리는 것은 아니라는 사실을 안 남편이 현관에 들어서자마자 그 끔찍한 대사 "밥은?"을 외치게 된 것이다. 불안한 것이리라. 문을 열자마자, 밥은? 하고 물을 정도로.

나는 그 일 때문에 더욱 슬퍼졌다. 이 글을 읽는 많은 사람은 어쩌면 남편을 동정할지도 모르겠지만, 문을 열고 사람의 얼굴을 보면서 하는 첫말이 "밥은?"이라니, 나는 더없이 무례한 일이라고 생각한다.

만약 내가 평생 밥을 짓지 않겠다고 하면, 당신 나하고 이혼할 거야?

언젠가 그렇게 물은 적이 있다. 욕조에 몸을 담그고 신문을 읽고 있던 남편은, 아니라고 대답할 수 있을 정도로 나의 경향과 내 질문에 대한 대책을 터득하고 있었고, 나 역시 그 말을 그대로 믿지 않을 정도로 그란 사람에 대해서 터득하고 말았다.

나는 먹는 것을 좋아해서 음식을 만드는 것 자체는 고통스럽지 않다. 하지만 음식 때문에 행동에 제약을 받는 것은 큰 고통이다.

한편 나는 남편과 음식을 함께 먹는 것도 좋아한다. 우리 집의 조그만 식탁에서 먹는 밥은 물론, 경기장에서 축구를 구경하면서 한입 가득 우물거리는 김밥도, 공원에서 먹는 샌드위치도, 밤거리를 싸돌아다니다가 길거리에 서서 먹는 우동도.

실제로 우리는 종종 외식을 한다. 둘 다 먹보인 데다 내가 좋은 아내가 아닌 탓이다. 한동네에 있는 유난히 햇볕이 잘 드는 홍콩 요리점에도 잘 가고, 기름기 있는 살을 싫어하는 내 식성을 고쳐 준 돈가스집에도 잘 가고, 흙냄새 풍기는 양송이버섯 샐러드를 먹을 수 있는 파란 차양이 달린 테라스 레스토랑에도 잘 가고.

마음에 든 요리가 있으면 가끔 흉내를 내 본다. 맛깔스럽게 만들어지면 정말 기쁘다.

항상 같은 사람과 밥을 먹는다는 것은 멋진 일이다. 먹은 밥의 수만큼 생활이 쌓인다.

"9월에 여행 가는 거, 내 이기심이라는 거 알아."

며칠 후 나는 말했다. 일반적으로 말해서, 결혼하면 혼자 여행하기가 그리 쉽지 않다는 것도 알고 있었다.

"하지만 난 그 이기심을 고칠 수는 없어."

달리 표현할 수 없었다.

"그렇다는 거, 사실은 당신도 알지?"

남편은 시큰둥한 표정으로 고개를 끄덕였다.

"역시."

내 목소리가 내 귀에도 기쁘게 울렸다.

"내가 여행할 때는 외식해. 우에노 씨나 타로 씨하고 마시러 가도 되고."

나는 남편의 친구 이름을 열거한다.

"여행하면서 당신 생각 많이 할게. 약속해."

내가 그렇게 말하자, 남편은 의심스럽다는 표정을 지었다가 억지로나마 응, 이라 대답하고 고개를 끄덕였다.

"당신도 내 생각해야 돼."

응, 이라고 단박에 대답한 남편의 옆얼굴을 보면서, 정말이야? 밥 말고 나를 생각하라고, 라고 못박고 싶은 마음을 간신히 참았다.

색

色

중요한 것은 남편이 남자라는 점이다.

다만, 남자와 같이 살면 생활에 색깔이 입혀진다.

결혼하고서 생활에 색이 입혀졌다고 생각한다. 갑자기 모든 것에 색상이 생기고, 그것은 아주 즐거운 일이면서 동시에 다소는 불안한 일이기도 했다.

　애당초 나는 화려한 색상을 좋아하지 않는 편이다. 알록달록한 꽃다발을 받으면, 색깔별로 나눠서 꽃병에 꽃을― 하얀 꽃은 현관에, 노란 꽃은 화장실에 ―정도다.

　하지만 그렇게 꾸민 방처럼 차분한 정신 상태로 살려면 결혼은 적합하지 않다.

　독신 생활에는 흑백의 정연한 질서가 있다. 그리고 내가 그 '질서'란 것을 꽤 좋아한다는 것을 요즘 들어 알았다.

　……그렇기는 하지만.

색깔이 있는 생활도 때로는 아주 행복하다.

깊은 밤 욕조에 들어앉아 책을 읽다가 갑자기 공포에 짓눌려 몸을 움츠리곤 한다. 그런 때, 목욕탕 문과 세면실 문을 모두 활짝 열어젖히면, 복도 건너 침실에서 남편의 코 고는 소리가 들린다. 그 순간 안도의 한숨을 내쉬면서 혼자가 아님이 기뻐진다. 색깔이 있는 생활이란 예를 들면 그런 것.

일요일 오후, 잠만 자고 있는 남편을 깨우려고 흔들고 잡아당기고 하다가 나도 그만 옆에 누워 잠이 든다. 저녁 늦게, 사방이 캄캄해지고 나서야 실컷 잠잔 어린애처럼 허탈하기도 하고 충족되기도 한 기묘한 기분으로 같이 깨어난다. 왠지 서로의 얼굴을 보기가 거북하다. 둘 다 배가 고파 저녁을 먹으러 외출한다. 색깔이 있는 생활이란 예를 들면 그런 것.

밤, 불현듯 마음이 동해 드라이브를 하러 나간다. 아주 현실적인 이유—남편이 애독하는 잡지의 발매일이라거나 (남편은 그날 바로 잡지를 사서 읽지 않으면 성에 차지 않는다), 사다 놓은 쓰레기봉투가 다 떨어졌다거나—로 나갈 때도 있지만, 봄이면 밤 벚꽃을 구경하면서 가로수 길을 걷기 위해, 여름이면 비에 젖은 도쿄 타워—도쿄 타워는 낮에 보면 볼품이 없지만 밤에 보면 왜 그렇게 멋진지 모르겠다—
를 보기 위해 나간다. 아무튼 그런 외출에는 미리 전화를
걸어 스케줄을 조정해서 약속을 하고, 약속 시간에 맞춰 외
출하는 과정을 거치는 경우에는 도저히 존재할 수 없는 특
별한 공기가 있어, 나는 그 부담 없음과 신선함을 좋아한
다. 색깔이 있는 생활이란 예를 들면 그런 것.

　다른 사람과 함께 생활할 때의 사사로움, 그 번거로움,
그 풍요로움. 혼자가 둘이 되면서 전혀 다른 시각으로 세상
을 볼 수 있다는 것.

　나 개인에 한해 말하자면 중요한 것은 남편이 남자라는
점이다. 그래서 생활에 색깔이 입혀졌다고 생각하는데 누
구든 함께 생활하고 싶다면 동성의 친구라도 상관없고, 서
로 사랑하고 사랑받고 싶다면 강아지나 고양이를 키우는
편이 간결하고 확실하다. 다만, 남자와 같이 살면 생활에
색깔이 입혀진다.

　형제가 없어서인지 아니면 8년 동안 여학교에 다녔던 탓
인지, 아니면 그런 일과는 무관하게 그저 멍청하게 태어난
탓인지, 나는 남자에 대해서는 실로 무지했다. 특히 집 안
에 있는 남자에 대해서.

놀라움의 연속이었다.

이 사람은 왜 서랍을 열어 놓고 닫지 않는 것일까―내 멋대로 닫으면 실례가 될까, 하고 생각한 것은 백만 년이나 먼 옛날 일이다. 이 사람은 왜 겨우 손만 씻으면서 온 화장실을 물바다로 만드는 것일까. 게다가 왜 젖은 손을 타월에 닦지 않는 것일까. 이 사람은 왜 대답을 하지 않는 것일까. 이 사람은 왜 자기 옷을 어디다 두어야 하는지 기억하지 못하는 것일까. 이 사람은 대체 왜⋯⋯.

나 자신도 아직은 반신반의하고 있는데, '이 사람'을 일반적인 '남자'로 대치해도 무방한 모양이다. 결혼한 여자친구들이 입을 모아 이렇게 말하는 것을 보면. 너, 아직도 그걸 몰랐어?

정말 그랬다. 그런 걸 몰랐다. 모른다는 것은 소름끼치는 일이다. 소름이 끼치도록 야만스럽고, 난폭하고 놀라운 일이라고 생각한다.

정말 나는 몰랐으니까. 남자란 존재가 얼마나 좋은 것인지도. 연인과 함께 지내는 밤의 달콤한 친밀감이 아니라, 그저 함께 자는 남자의 팔이 얼마나 편안한 것인지. 남자의 단순함, 남자의 복잡함. 남자의 관용, 남자의 안심.

그리고 잠들고 깨어나고, 걷고 물을 마시고 창밖을 내다보고, 얘기하고 한숨을 쉬고 어처구니없어 하고, 고함을 지르고 화를 내고 무관심하는 그 모두가 하나하나의 색이라는 것을.

〈샘 서피〉란 영화에 '자립 같은 거 관심 없어. 인생은 의존의 게임이니까'란 대사가 있었다. 의존은 하기도 무척 어렵지만 용기도 필요하다.

나는 십대 후반에서 이십대 중반까지 매일 꼼꼼하게 일기를 썼는데, 그러다 보니 월요일마다 목표를 쓰는 습관이 생겼다. 거창하게 목표랄 것도 없는, 이번 달에는 대청소를 한다, 리포트를 완성한다, 몸무게를 2킬로그램 줄인다는 등의 메모에 불과했지만, 마지막에는 꼭, 혼자서도 무슨 일이든 할 수 있도록, 이라고 썼다. 매달, 몇 년 동안이나.

어렸을 때부터 만사에 속도가 느려서, 타인을 도와주기보다는 도움을 받는 일이 압도적으로 많았다. 그래서 더욱이 의존을 두려워했고, 지금까지 줄곧 무슨 일이든 혼자서 할 수 있도록―결과는 둘째치고―이라고 마음에 새겨 왔다.

기대도 괜찮은데. 의존해도 괜찮은데.

어느 순간 문득 그런 생각을 했는데, 그때의 거북함이 잊

히지 않는다.

색깔 있는 세계란 아마도 의존과 관계가 있으리라. 어른만이 할 수 있는 의존도 있다는 것을, 남편을 만나고서야 처음 알았다.

풍
경

風景

생각해 보면
다른 풍경이기에 멋진 것이다.

남편과 둘이서 가슴이 섬뜩하도록 별이 총총한 밤하늘을 본 적이 있다. 차 안에서 활짝 열어 놓은 루프 너머로. 도치기현의 산속에서, 정말 쏟아져 내릴 듯 부서질 듯 온 하늘을 가득 메우고 있는 별들이 하나하나 물기를 머금은 듯 빛났다. 나는 얼이 빠져서 말도 잃고 그저 하늘을 올려다보았다. 가끔 그때를 떠올린다. 결혼하기 전에 둘이서 보았던 풍경을.

　고추냉이밭도 그렇다. 따스하고 화창한 5월의 오후, 나가노현의 고추냉이밭에서 본 싱그런 초록과 물의 아름다움. 드라이브를 하다가 밤을 새워 완성한 원고를 우편함에 넣었다. 그날 일은 남편도 기억하고 있으리라 생각한다. 물레방아가 천천히 돌아가고 있었다.

그런 몇 가지 풍경이 있다. 공유하고 있는 기억.

그 무렵 우리는 다른 장소에 있었지만, 만나면 늘 같은 풍경을 보았다. 서로 다른 장소에 있었기 때문에 더욱더. 지금 우리는 같은 장소에 있지만, 서로 다른 풍경을 보고 있다.

한동네에 테라스가 있는 괜찮은 레스토랑이 있다. 신선하고 와일드한 양송이버섯 샐러드와 씁쓸하면서도 맛있는 캐러멜 아이스크림을 먹을 수 있다. 나와 남편은 그 레스토랑이 마음에 들어 주말에는 산책도 할 겸 곧잘 찾아간다. 바람도 잘 통하고, 손님도 그리 많지 않아 맑은 날 창가 자리에 앉으면 기분마저 상쾌하다. 우리는 그 자리에 나란히 앉아 유리창 너머로 바깥 풍경을 바라본다. 지금 남편의 눈에는 어떤 풍경이 비칠까, 하고 생각하면서 나는 음료를 마신다.

집 안에 있어도 비슷하다. 우리는 전혀 다른 것을 보고 있다. 남편은 텔레비전을, 나는 남편의 머리를. 남편은 현재를, 나는 미래를. 남편은 하늘을, 나는 컵을.

그 정도가 적당하다고 생각한다. 그야 물론 때로는 답답해서 전부 같으면 좋을 텐데 하고 생각하기도 하지만, 마음 속 가장 깨끗한 장소에서는 그런 바람이 일시적인 변덕이라는 것을 잘 알고 있다.

일시적인 변덕은 우리 집에서나 통하는 농담이며 진실이며 결론이며 사용 빈도가 가장 높은 상비약이다.

남편과 함께 있고 싶은데 모든 것을 함께하고 싶은데, 더이상 이런 마음이 불거지면 좀 이상한 게 아닐까 싶어 불안할 때도 있다. 함께 있고 싶다기보다 함께 있지 않으면 더는 함께 있을 수 없을 듯한 느낌. 함께 있으면서 만난 지 두 달밖에 안 된 연인들처럼 들러붙어 있지 않으면 내 마음을 잃어버릴 것 같다. 함께 있지 않아도 괜찮다고 생각지 않게 해 줘, 하고 생각한다. 절실하게. 어쩔 줄 몰라 하는 내게 남편은 말한다.

"그건 일시적인 변덕이야."

나는 그 말의 정당함에 안심한다. 어느 모로 보나 우리 부부의 관계는 정상이고 안정적이라고 착각할 수 있다.

"그래."

라고 나는 말한다. 그래, 가령 함께 있지는 않아도, 함께 있지 않아도 괜찮다고는 생각하지 않겠지 하고.

신나게 부부 싸움을 하면서 화가 나서 이성을 잃고 고함을 지르다가 혼자서 황량한 장소로 나가 버리는 일이 있다. 끝났다, 고 생각한다. 나갈 때다. 나갈 때다. 아무튼 가야 한다, 아무튼.

현관을 가로막고 선 남편이 말한다.

"일시적인 변덕으로 그런 짓 하면 안 되지."

나는 그 말을 들을 때마다, 그 고답적이며 어리석은 울림에 그만 웃음을 터뜨린다.

"이게 일시적인 변덕이라면 결혼은 항구적인 변덕이겠지."

내가 그렇게 말하면, 남편은 잠시 생각하고서,

"그렇지 않아."

라고 대답한다. 하지만 절망에 찬 남편의 눈은 당신 말이 옳다고 말하고 있다. 남편도 알고 있는 것이다. 그런 생각이 들면 온몸에서 한꺼번에 힘이 빠진다.

"그렇지 않아."

아무튼 남편은 그렇게 주장한다. 현관을 가로막고 선 채.

그렇게 오늘도 우리는 같은 장소에서 전혀 다른 풍경을 보고 있다.

하지만, 생각해 보면 다른 풍경이기에 멋진 것이다. 사람이 사람을 만났을 때, 서로가 지니고 있는 다른 풍경에 끌리는 것이다. 그때까지 혼자서 쌓아 올린 풍경에.

나는 남편과 함께 본 도치기의 별밤과 나가노의 고추냉이밭만큼이나 내가 보아 온 풍경과 남편이 보아 온 풍경을 사랑한다.

1년에 몇 번 남편의 고향에 간다. 시가에는 시부모님과 시할머니가 계신다. 근처에 친척과 친구들도 산다. 그 동네의 색채와 따스한 햇살, 큰길과 신호와 너른 강과 초등학교와 책방과 옛날 현청 건물과 어렸을 때부터 단골이라는 허름한 중국집, 지름길과 샛길, 그 풍경 하나하나의 멀고 먼 느낌, 그 친밀감.

나는 남편을 타인으로 인식하는 순간을 좋아한다.

때로 길거리에서 타인인 척하는 일도 있다. 얼마 전 전철 속에서 그랬을 때는 꽤나 몸집이 큰 사람이로군, 하고 생각했다. 자세가 영 안 좋네, 하고 생각한 적도 있다. 옷차림이 별로네, 하고 생각한 적도, 제법 인상이 좋은데, 하고 생각한 적도, 꽤나 따분하게 생겼네, 하고 생각한 적도 있다.

반대로, 지금 남편이 나를 보면 타인 같은 기분이겠지,

하고 생각하는 일도 있다. 일 때문에 무슨 의논을 하고 있을 때, 옛 친구를 만났을 때, 어쩌다 잘못해서 강연을 하는 신세가 되었을 때.

남편의 눈에 내가 타인처럼 비치겠지, 하고 생각할 때의 나는 정신적으로 비교적 안정된 상태인 듯하다. 모노톤의 안정.

세계는 늘 다중 구조를 유지하고 있다. 우리의 좁은 아파트 안에서도 무수한 풍경이 겹쳐 있고, 무수한 시간의 흐름이 있다.

바로 얼마 전까지만 해도 아침에 화장을 하는 습관이 없었던 나다. 깨끗하게 세수를 하고 그냥 있는 편이 상쾌하기도 하고, 무엇보다 집 안에서는 화장을 안 한 채로 지냈다. 밤새 일하고 남편이 출근을 한 후에야 잠자리에 들어 그럴 여유가 없는 경우도 있었다.

그런데 요즘은 립스틱이라도 바르고 있다. 실제로는 립스틱이 아니라 립글로스를 살짝 바르는 정도지만, 그래도 화장은 화장이다.

인생이란 어디서 어떻게 변할지 알 수가 없다. 언제 헤어지게 되더라도, 헤어진 후에 남편의 기억에 남아 있는 풍경

속의 내가 다소나마 좋은 인생이기를, 하고 생각한 것이다.

하기야 남편은, 어느 날 아침부터 갑자기 번들거리는 입술로 자기를 배웅하는 아내를 보고, 일시적인 변덕이겠지, 라고 생각할 테지만.

노래
래

歌

노래를 부르면 몸에 좋다는 것을
결혼하고 알았다.

물론 결혼은 "struggle"이다.

업다이크의 단편 소설 〈비둘기 날개〉에서,

"여자하고는 논쟁을 할 수 없다니까. 엄마는 어디까지나 여자. 그래서 나도 결혼을 했지만, 지금 그 덕분에 이 고생이지."

이란 대사를 통해서도 알 수 있고, 줄리엣 루이스가 출연한 영화 〈사랑과 우정〉에서 엄마와 딸이 나누는,

"왜 남자들은 다 제멋대로지?"

"남편이 되기 위한 연습을 하느라고 그러는 거야."

이 대사를 통해서도 분명하게 알 수 있다.
데브라 스파크의 중편 소설 〈어두운 밤의 섬〉에는,

"아주 행복한 건 아니야." 마리아의 목소리가 들렸다.
"하지만 행복이 모든 것은 아니잖아."

이런 소름 끼치는 장면이 있고, 단편 〈엄마의 친구〉에는,

"이 집도, 이 가족도, 그리고 정성스럽게 꾸며진 이 꽃무
늬 시트도 다 선택되어 여기에 있는 거야. 선택이란 변덕이
고 끔찍스런 일이지."

란 구절이 있다.
브로티건은 〈레스토랑〉이란 시를 썼다.

서른일곱 살
그녀는 완전히 지쳐 있다

결혼반지란 대체 뭘까

그녀는 빈 커피 잔을 물끄러미 쳐다본다

마치 죽은 새의 부리를 들여다보듯

저녁 식사가 끝나고

남편은 화장실에 갔다

하지만 곧바로 돌아오리라, 그리고 그다음은 그녀가 화
장실에 갈 차례다

아리스 먼로의 〈마일스 시타 몬타나〉에는,

"난 다 알아. 당신은 태생이 제멋대로고 신뢰할 수 없는
부분이 있어."

란 대사가 있다. 앤드류가 한 말이다.

"난 벌써부터 알고 있었다고. 그래서 당신을 좋아하게 되
었지만 말이야."

"당신 말이 맞아."

나는 조금은 슬펐지만, 그러나 마음은 편했다.

노래   75

"당신 없이 사는 편이 훨씬 행복하다는 거, 나 알아."

"응, 맞는 말이야."

"당신도 나 없이 사는 게 더 행복할 테고."

"그래."

부부가 말다툼하는 장면이 살아 있다―처음 이 소설을 읽었을 때 나는 독신이었고, 오 마이 갓, 하고 생각했다. 하지만 지금은 실감한다. 이렇게 막바지까지 몰고 가지 않으면 후련하지 않은 기분.

타미 호우그에 이르면, 별 재미 없는 장편 미스터리 〈밤의 죄〉에 이렇게 쓰여 있다.

……폴이 돌아와 아내가 그의 코트를 입고 있는 것을 보면 틀림없이 부부 싸움이 벌어질 테지, 벌써 그 소리가 들리는 듯하다.

"당신 코트는 어디다 두고 내 거 입었어?"

"어때서. 지금 당신이 이걸 입고 있는 거 아니잖아."

그의 옷을 입고 있으면 왠지 안심이 되고, 보호받고 사랑받고 있는 듯한 기분이 드는 것을, 하나는 보나마나 설명

하려 하지 않을 것이다. 그 자신이 아니라 그의 옷에서 보다 많은 위로를 얻는다는 사실 따위는 아무래도 좋은 일이다―폴에게는 아무 의미 없는 일이다. 그의 옷은 과거 두 사람이 나누었던 추억, 과거의 그의 추억 같은 것임을 그에게 인식시키기는 쉽지 않은 일이다. 그것은 시신에게 입히는 수의 같은 것이다. 그녀는 그것으로 몸을 싸고 결혼 생활을 하면서 죽어 버리는 것을 생각하며 울었다.

　우후후후. 혼자 사는 여자들은 눈을 감고 싶겠죠?

　느닷없는 말이지만, 나는 곧잘 노래를 부른다. 낮이면 방에 멍하니 있을 때, 밤이면 산책을 하면서, 노래를 부르면 몸에 좋다는 것을 결혼하고 알았다. 머릿속이 텅 비어서 좋다. 폐로 공기가 빨려 들어가는 듯한 느낌이 드는 것도 좋고.

　아무 노래라도 상관없지만, 가사를 기억하는 노래가 별로 없어서 어쩔 수 없이 동요 중심이 된다. 〈저 아이는 누구지〉, 〈파란 눈의 인형〉. 가끔은 트레이시 채프먼이나 에디 리더도 부르고 후루이치 도코古内東子도 부르는데, 나도 모르게 입에서 나가부치 츠요시長渕剛의 〈울어라 똘만이〉나 화이트 라이온의 〈헝그리〉 같은 노래가 흘러나오기도 한다. 나 자신도 놀랍다.

노래는 참 신기하다. 단박에 몸과 마음으로 파고들어 마음을 가볍게 해 준다. 노래를 불러도 그렇고 들어도 그렇고.

예를 들어 남편과 말다툼을 하고 흥분해 있을 때는 일이 손에 잡히지 않아, 할 수 없이 스스로를 달래면서 냉정해지기를 기다리는데, 그런 때 남편을 만나기 전에 들었던 노래를 들으면 마음이 가라앉는다. 남편 없이도 혼자 잘 해 나갔던 시절. 남편 없이도 행복했고 충만했던 때.

혹자는, 그거 도피 아니냐고 할지도 모르겠지만, 사랑의 생활은 가혹하니까 도피 수단 하나 둘쯤은 반드시 필요하다.

때로는 남편도 노래를 부른다. 하지만 남편이 부르는 노래는 대부분 내가 모르는 노래고 가사도 애매하다. 그리고 주로 두둥두두두니 삐밤 바바밤하고 악기로 연주되는 부분을 흥얼거린다.

우리가 함께 불렀던 노래는, 아마 한 곡도 없지 않을까 싶다.

음악은 사람의 마음을 열어 놓는다. 그래서 남편은 내가 자기에게 화가 나 있을 때면, 우리가 어린애들처럼 달콤했던 시절에 들었던 곡을 불쑥 틀어 놓는 술수를 쓴다. 고작 이런 미끼에 걸려들 수는 없다고 생각하면서도, 피부에 머리카락에 세포 하나하나에 작용하는 음악을 듣다 보면 퉁퉁 부은 얼굴을 그대로 유지할 수가 없다.

결혼은 "struggle"이다. 만신창이다. 하지만 바람이 불면 상처도 마르니, 일일이 신경 쓰지 않기로 한다.

그렇게 하루하루를 살아가면서 아무튼 들러붙어 자는 것이 바람 역할을 하기도 하고, 맛있는 음식과 뜨거운 물로 샤워를 하는 것, 몇 번이고 되풀이해 듣는 음악이 또 바람이 되어 준다. 그런 소박한 일들에서 위안을 얻지 못하면 도저히 사랑은 관철할 수 없다.

벚꽃 드라이브와 설날

桜ドライヴとお正月

집에 돌아가고 싶다고 생각할 수 있어

정말 다행이다.

도쿄의 멋쟁이라고 자부하는 한 친구가 몇 년 전 그 역시 도쿄의 멋쟁이라 자부하는 현재의 남편과 결혼했다. 아이도 태어나 제법 행복해 보이는데, 툭하면 부부 싸움을 하는 모양이다.

　"정말 지겨워 죽겠어. 헤어질 거야."

　도쿄의 멋쟁이인 그녀는 다소 격한 성격이라서 종종 그런 말을 입에 담는데, 1년에 한 번은 꼭 일부러 전화를 걸어,

　"아니야, 나 절대 헤어질 수 없어."

　라고 말한다. 간다 신사神田明神 축제 직후다. 축제를 위해 민속 차림을 한 남편의 모습이 너무 멋지다는 것이다.

　"그야 축제 때는 다른 남자들도 다 멋있지. 하지만 아니

야. 다른 남자들은 보이지도 않는다니까."

친구는 진지하게 말한다. 그래서 평소 전화가 걸려 와 부부 싸움을 했다고 하면 나는,

"축제가 앞으로 몇 달 남았지?"

라고 되묻는다. 그녀는 솔직하게,

"다음 달."

혹은,

"반년이나 남았다고."

라고 대답하고는,

"그래, 아무튼 그때까지는 기다려 봐야겠다. 하지만 그때도 아니다 싶으면 정말 헤어질 거야. 이번에는 정말 아닌 것 같아."

라고 말하지만, 물론 축제 때까지 버티면 남편의 승리다.

"아니야 나, 절대 헤어질 수 없어."

다음 날 전화에서 친구는 분명 그렇게 말할 테니까.

결혼 생활에서 이런 일은 상당히 중요하다. 텔레비전 드라마에서 결혼 기념일을 기억하지 못해 부부 싸움이 벌어지는 것도 그 한 예라고 생각한다. 1년에 한 번 정도는 초심으로 돌아가고 싶은 것이다. 아니 초심으로 돌아간다

기보다 초심을 억지로 되새긴다고 해야 정확한 표현이 될 테지만.

우리 집에서 그것은 봄. 1년에 한 번, 밤에 회사에서 돌아온 남편에게,

"벚꽃 구경하고 싶다."

라고 말한다. 평소에는 달구경을 하고 싶다고 해도 드라이브를 하고 싶다고 해도 산책하러 나가고 싶다고 해도, 다음에 하자면서 한마디로 거절 당하는데 벚꽃만은 예외다. 다음 날 바람이 불거나 비가 오면 당장에 져 버리기 때문이다. 남편은 거의,

"좋아."

라고 말해 준다.

동네에 벚나무가 많다. 후다코 타마강에 가는 길에도, 큰 교회 옆에도. 나와 남편은 깊은 밤, 차의 루프를 열어 놓고 그 길을 달린다.

내가 서서 루프 위로 얼굴을 내밀기 때문에 남편은 천천히, 천천히 차를 몬다. 천천히 몰지 않으면 바람이 얼굴에 부딪쳐 숨을 쉴 수 없다. 주택가라서 사방은 정말 조용하다. 얼굴은 추워도 정말 멋진 드라이브다. 군데군데 켜져

있는 가로등이 아름다워, 그만 입을 쩍 벌리고 만다. 달도 보인다.

"다시 한번."

"다른 길로 가 봐."

신이 난 나는 그렇게 남편을 조른다. 하얀 꽃잎을 올려다보면서 내년에도 이 사람과 함께 벚꽃을 볼 수 있을까, 하고 생각한다. 단순한 의문문으로. '함께 보고 싶다'가 아니라 '과연 함께 볼 수 있을까' 하고 생각한다. 나는 그렇게 생각할 때 내 인생이 조금은 좋아진다. 묘한 느낌이다. 내년에도 이 사람과 함께 벚꽃을 볼 가능성이 있다. 아주 희망에 찬 생각이라고 나는 기뻐한다. 그리고 물론 그것은 함께 벚꽃을 볼 가능성이 있기에 가능한 기쁨이다. 소설을 읽으면서 행복한 것은 많은 가능성 속에서 한 가지가 선택되기 때문이고, 그 선택에 나는 가슴이 설렌다.

한없이 계속되는 일상 속에서 지금 자신이 있는 지점을 확인하는 포인트라고나 할까. 1년에 한 번뿐인 벚꽃 드라이브나 친구 부부의 축제나 아마도 그런 것이 아닐까. 부부 관계란 그런 사소한 일로 지탱된다.

1년에 한 번 하면 생각나는 것이 또 있다. 나는 아직도 설날을 남편과 함께 보낸 적이 없다.

나나 남편이나 인생을 제멋대로 살아왔고, 지금도 독신
시절에 몸에 밴 생활 리듬을 그대로 유지하고 있다. 다만
설날만큼은 부모님과 함께 지냈다. 둘 다 습관적으로 그래
왔기 때문에 결혼한 지금도 그렇게 하고 있다. 하기야 나의
친정은 마음만 먹으면 언제든지 갈 수 있는 도쿄 도내에 있
으니, 시부모님 입장에서는 설날인데 아들 혼자 내려오는
것이 못마땅할지도 모르겠다. 그들은 내가 남편 못지않은
떠돌이라 설날이나 돼야 친정을 찾는다는 것을 모른다. 남
편만 해도 주위 친구들을 보면서 고향에 내려갈 때는 부부
가 함께 가는 것이라고 생각하게 되었는지, 내가 설날에 친
정에 갈 거라고 하면 그래, 하고 대꾸한다. 가벼운 불만을
담아, 그래, 하고.

그러나 나도 불만스럽기는 마찬가지다. 따로 보내는
설날.

조그만—2인분을 담을 수 있는—칠기 찬합에 맛있는
것만 골라 담은 알록달록한 설날 음식. 떡을 굽는 고소한 냄
새와 맑은 떡국, 둘만의 차분한 설날. 그런 것을 꿈꾸었다.

꿈꾸었지만 어쩔 수 없다. 꿈으로 간직한다. 현재의 나와

남편에게 가장 자연스러운 형태가 그런 것이라면 어쩔 수 없다. 언젠가, 둘만의 설날이 찾아올 테니까. 언젠가.

그래서 친정에서 보내는 설날. 친정집이 있는 1월의 초후는 정말 멋지다. 좀처럼 놀러 가는 일도 없고, 세밑에나 한 번 묵을까 말까 하니까, 현관도 계단도 복도도 벽도 아주 오랜만에 본다. 정겹기보다 서늘한 느낌. 서글프기도 하고 푸근하기도 한.

설날 아침, 나는 베란다로 나간다. 도로와 집들의 지붕과 그 너머로 논이 보인다. 그리고 그 모든 것 위로 하늘이 보인다. 설날의 공기는 싸늘하고 청결한 냄새가 난다.

결혼하기 전에는 친정에 놀러 가면 나를 데리러 오는 남편을 베란다에서 기다리곤 했다. 남편은 시간을 잘 지키지 않아 한 시간이고 두 시간이고 기다려야 나타나는 일이 한두 번이 아니었다. 기가 막혀서, 누굴 놀리는 거야, 왜 만날 이 모양이야. 그렇게 생각하면서도 남편의 차가 시야에 들어오면 기뻤다. 바로 얼마 전 일인데, 먼 옛일 같다.

새해를 맞아 처음 보는 얼굴이 남편이기를 꿈꿔 왔지만, 새해 처음 만나고 싶은 사람이 남편인 쪽이 난 더 행복하다. 남편이 보고 싶어 애틋한 아침이 1년에 한 번 정도는 필요하다고 생각한다.

내가 생각해도 돌아가고 싶어하는 것은 묘한 일인데, 가족이나 초후(의 거리)나 집에 몹시 미안한 마음도 들지만, 이틀 이상 있으면 원래의 자기 모습으로 돌아갈 것 같아 겁이 나서인지도 모르겠다. 아주 쉬이 상상할 수 있으니까.

해마다 그만 갈게, 라고 말하고 부모님과 여동생의 배웅을 받으며 콜택시에 올라탈 때면 나는 정말 절망적인 기분이 든다. 대체 왜 난 여기서 나가려는 것이지, 하고 생각한다. 결혼식 날 아침하고 똑같다.

하지만 택시가 아파트에 가까워지면, 돌아가고 싶어한 내 마음에 안도한다. 아아 아직은 괜찮다. 남편을 보고 싶어하니 다행이다. 집에 돌아가고 싶다고 생각할 수 있어 정말 다행이다.

"빨리 와."

집에 도착하자마자 나는 남편에게 전화를 걸어 이렇게 말한다.

혼자만의 시간

一人の時間

애정이란 병의 한 종류라고 생각한다.
애정이 있기에 모든 것이 골치 아파진다.

애정이란 병의 한 종류라고 생각한다. 애정이 있기에 모든 것이 골치 아파진다.

　그래서 얼마 전, 아는 편집자에게,

　"이러니저러니 말은 많아도, 역시 남편을 사랑하는 거 아니에요?"

　란 말을 들었을 때는 우울했다. 그렇다. 옳은 말이다. 사랑하지 않는다면, 당장에 이혼할 텐데.

　때로, 이혼하면, 하고 혼자 생각한다. 홀가분해지겠지. 적어도 집 안의 청결은 유지될 테고, 반찬도 내가 먹고 싶은 것만 만들면 그만이다. 강아지도 키울 수 있고, 시끌시끌한 텔레비전을 하루 종일 켜 놓지 않아도 된다. 여행도 돌아올 예정 없이 떠날 수 있고, 차분하게 지낼 수 있다. 그리고 무엇보다 남편을 더욱 좋아할 수 있다.

싸우는 일도 없겠지. 열을 받아 고함을 지르고 깨물고 걷어차는 일도 없겠지. 훨씬 더 친절하게 굴 수 있겠지.

남편 역시, 훨씬 깍듯하게 나를 대하겠지. 이혼하면.

거기까지 생각하다가, 불현듯 외로워진다. 신선한 생각이 아니니까. 신선은커녕, 살붙이 같고 소꿉친구 같은 것이니까. 어 오랜만이네, 하고 느닷없이 나타난 잊고 있었던 옛날 친구 같으니까.

약간 거리가 있는 편이 "comfortable"하고 멋지다고 생각했는데 무모하게도, 결혼하는 거야, 성가시지만 받아들이는 거야, 같이 현실과 싸우는 거야, 하고 생각했던 저 불가사의한 뒤틀림을 나는 지금도 아름답게 생각한다. 아름답고 어리석고 행복한 무엇이었다고.

착각이었든 실수였든 전혀 상관없다. 나를 조용한 장소—완결된 장소에서 끌어내 주었던 한 가지만으로도 나는 남편에게 감사한다(농담하는 거야, 끌려 나온 건 나지, 하고 남편은 얘기할지도 모르겠지만).

이혼하면.

그럼에도 나는 역시 생각한다. 의외로 열심히.

결혼했을 때도 그랬지만, 이번에도 구청에 가서 신고를 하겠지. 남편은 회사에 가야 하고, 또 만사를 귀찮아하는 성품이니까.

창구에서 서류가 접수되는 순간, 나는 분명 돌이킬 수 없는 짓을 저질렀다고 생각하리라. 한편으로는 절망적으로 안도하면서.

모든 절차를 끝내고 밖으로 나오면 풍경이 바뀌어 있다. 다른 눈으로 볼 테니까.

"그런 상상, 해 본 적 없어?"

"없어."

남편은 주저없이 기계적으로 대답한다. 텔레비전에서 눈을 떼지 않고.

"한 번도?"

"한 번도."

그래, 라고 말하면서 나는 단박에 기뻐진다. 거짓말이든 형식이든, 아무튼 그렇게 대답해 준 것에.

대체로 나는 금방 편해지고 싶어하는 성격이다. 남편은 편한 일이 있으면 반드시 뒤탈이 있다고 생각하는 모양이다.

균형 감각이 좋은 것인지, 동떨어져 있는 것인지. 어떻게 결혼을 한 것일까. 어떤 식으로. 기억이 잘 나지 않는데, 아무튼 결혼하고 싶다고 강하게 바랐던 것만은 기억하고 있다.

결혼한(또는 결혼한 적이 있는) 많은 사람이 왜 결혼에 대해 별 얘기를 하지 않는지, 스스로 해 보고야 알았다. 꿀처럼 행복하고 아까워서 말하지 않는 것은 물론 아니고, 그렇다고 괴롭고 고통스럽고 우울해서 말하지 않는 것도 아니다. 그저 모두들 입을 다물고 있을 수밖에 없는 것이다. 그 결혼이 너무도 특수하고 개인적이어서, 우연과 필연이 꽈배기처럼 꼬여 설명하기 곤란한 양상을 띠고 있기에.

부부 싸움의 원인이 천차만별한 것과 비슷하다. 심각하고 우스꽝스럽고 헤아릴 수도 없는—우연히 발견된 원유처럼, 끝없이 솟아나는—싸움의 이유.

용케 찾아내네, 하고 남편은 말한다.

찾아내는 게 아니야, 생겨나는 거지, 라고 나는 말한다. 당신이 눈앞에다 들이밀고 있잖아.

남편은 못 들은 척한다.

척하는 것은 남편의 주특기다. 나는 종종 이 사람은 내 말을 이해하지 못하는 훈련을 하고 있는 게 아닐까, 하고 생각한다. 어떤 식으로 말해도, 똑같은 말을 몇 번이나 다시 말해도, 내가 무슨 말을 하려 하는지 전혀 모르는 것처럼 보이니까.

그런데 어느 날, 모르는 척할 뿐이라는 것을 알았다. 앞뒤가 맞는다. 현명한 사람이니까 생각하면 모를 리 없다.

남편의 자기방어 수단이리라. 인정하고 싶지는 않지만, 피할 곳이 없다는 것도 안된 일이다. 혼자가 될 수 있는 장소.

나는 낮에는 혼자 집에 있지만, 남편은 회사에 있다. 회사에는 많은 사람이 있다. 밤에 집에 돌아오면, 내가 기다리고 있다.

물론 누구든 혼자만의 시간이 필요하고, 나 역시 그런 시간이 없다면 정신적인 안정을 유지할 자신이 없으니까, 가능하면 남편에게도 혼자 있는 시간을 갖게 하고 싶다. 생각은 그런데, 역시 안 된다. 남편은 아침 일찍 집을 나가 밤이 늦어야 돌아오니까. 그래서 집에 들어오면 옆에 꼭 달라붙고 만다. 남편이 저녁을 먹는 동안에도 나는 옆에 앉아 쳐다본다. 신문을 읽을 때는 옆에서 책을 읽는다. 텔레비전을 보면 나는 피아노를 친다.

최근에 피아노를 샀다. 헤드폰을 끼고 칠 수 있는 전자

피아노라서 끔찍하게 아끼는 보물이다. 시끄럽지 않게 함께 있을 수 있으니까.

"이렇게 내내 들러붙어 있으니까 힘들지?"

며칠 전, 반성하는 마음으로 말해 보았다.

"가끔은 혼자 있고 싶지?"

남편은 이상한 동물이라도 보는 듯한 표정을 지었다.

"가끔이라니?"

남편의 얼굴에 희미한 분노의 빛이 어린다.

"어제도 없었잖아. 지난주에는 두 번이나 아침에 들어왔고."

아 참 그랬지, 하고 생각했다.

"그 전주에도, 집에 있기는 했지만 자기 방에서 꼼짝도 안 했잖아."

"그때는, 마감할 원고가 있어서 그랬지. 시간이 얼마 없어서."

나는 횡설수설이다.

"그러니까 가끔이란 게 무슨 뜻이냐구?"

남편은 기가 막히다는 표정이다. 나는 대꾸할 말이 없다.

까맣게 잊고 있었다. 늘 남편에게 동동거리고 매달려 있다고 생각했는데, 집에 있을 때만 그렇고, 그것도 마감 전날은 제외라는 조건이 있었던 것이다.

"다행이다."

할 수 없이 나는 말했다.

"당신에게 혼자 있을 수 있는 시간을 주고 있는 셈이니까."

그러고는 와락 껴안았다. 멀뚱하게 서 있는 남편을.

자동판매기의 캔 수프

自動販売機の缶スープ

따끈한 수프가 빈속으로 떨어졌다.

올해도 집 바로 옆에 있는 자동판매기에 캔 수프가 들어왔다. 캔에 담겨 있는 콘 수프.

어제는 일요일, 남편과 산책을 하러 나섰다. 동네 초등학교에 '교정 개방'이란 종이가 붙어 있었고, 남편은 그 종이에 눈을 번뜩이며 교문 안으로 성큼성큼 들어가 바구니에서 멋대로 공을 꺼내 농구 골대에 던지며 놀았다. 나는 지금도 학교를 별로 좋아하지 않아 어째 마음이 편치 않았는데, 그래도 이리저리 어슬렁거리다 보니 토끼집이 있어 잠시 토끼 구경을 했다. 그리고 돌아오는 길에 캔 수프를 발견했다.

어, 벌써 캔 수프가 나올 계절인가? 하고 생각했다. 그리고 그렇게 생각할 수 있었던 것에 나만의 감회를 품었다. 다소 여유가 생긴 것 같다.

주의를 기울여 살펴면, 자동판매기의 상품이 수시로 바뀐다는 것을 알 수 있다. 판매가 부진한 상품은 바로 회수되는지, 내가 좋아하는 무슨 무슨 야생 블루베리 주스는 없어졌고, 수프 같은 계절 품목은 계절에 따라 옷을 갈아입듯 바뀌니 단순하지가 않다. 가을이 되면 따뜻한 커피나 홍차가 늘어나고, 이윽고 가을이 깊어지면 코코아가 등장한다. 그리고 한참 후 겨울이 시작될 무렵이면 캔 수프가 등장한다.

내가 결혼한 가을, 그런 차례를 미처 모르고 자동판매기 옆을 지날 때마다 왜 캔 수프는 없는 거지, 하고 안달을 했다. 올해부터 캔 수프는 취급하지 않기로 했나, 하고.

캔 수프를 좋아하는 것은 아니다.

다만 내기를 하는 기분으로 기다리는 것이다. 이제 곧 캔 수프가 들어오겠지. 그러면 모든 게 안심이야.

결혼 첫해는 내 인생에서 두 번 다시 돌이키고 싶지 않은 한 해였다. 아마 남편도 같은 생각이리라.

지금 생각하면, 나는 모든 일을 의심했다. 원래 의심이 많은 성격이기는 하다. 그런 데다 연인들에게서 근거를 빼앗아 가는 결혼까지 하게 되었으니 의심이 많아질 수밖에 없었다.

예를 들어 함께 살기 전에는, 남편이 만나러 와 주면 무척 기뻤다. 만나러 온다는 것은 나를 보고 싶어한다는 뜻이었으므로. 그런데 막상 함께 살기 시작하니 남편이 매일 집으로 돌아왔다. 내가 보고 싶지 않아도 돌아온다. 그게 영마음이 놓이지 않았다. 어리석다고 여길지도 모르겠지만, 도무지 신경이 쓰여 견딜 수가 없었다.

"보고 싶었어?"

회사에서 돌아온 남편에게 그렇게 물으면 응, 하고 고개는 끄덕이는데, 그저 고개만 끄덕이는 것 같아 믿을 수가 없었다. 아무리 신혼이라지만 그런 질문을 매일 할 수도 없는 노릇이라 나는 난감하기 짝이 없었다. 만사가 그 모양이라 그 한 해는 정말 진이 빠졌다.

물론 폭풍우 같은 싸움도 끊이지 않았다.

자동판매기에서 파는 캔 수프를 처음 사 먹은 것도 그때였다. 결혼하기 전, 살 집을 정하고 커튼이니 그릇이니 하는 살림살이를 고르면서 아아 이제 정말 결혼하는구나 하고 달콤한 기분에 젖어 있을 무렵이었다.

주문한 짐이 도착하기를 기다리느라 아침부터 빈집을 지킨 일이 몇 번 있었다. 남편은 회사에 가야 하니까 그 일은 내가 도맡아야 했다. 그런데 딱 한 번 같이 있었던 적이 있다. 맑게 개인 겨울의 주말, 아침 9시부터 집 안에서 어슬렁거렸다.

냉장고나 텔레비전, 침대는 물론 의자 하나 없는 휑한 방에서 남편은 자기가 들고 온 스테레오를 조립하고 있었다. 나는 옆에 앉아 남편의 모습을 바라보았다. 창문으로 비치는 햇살이 바닥에 무늬를 그렸다.

우리는 집에서 한 걸음도 나가지 않고 밤 8시까지 짐을 기다렸다. 마지막 택배가 밤이 되도록 도착하지 않았던 것이다. 음악을 틀어 놓고, 도착한 짐―식기와 타월―을 풀어 놓고는 나란히 앉아 얘기했다. 그동안 캔 녹차를 두 개 마셨을 뿐, 아무것도 먹지 않았다.

밖으로 나오자 캄캄한 밤이었다. 공기는 맑은데 추웠다. 그때가 되서야 둘 다,

"배고프다."

라고 말했다. 달과 별이 떠 있었다. 그때 자동판매기에서

캔 수프를 사 먹었다. 따끈한 수프가 빈속으로 떨어졌다. 확실한 질감이 느껴졌다. 온몸으로 영양분이 흡수되는 것이 느껴지는 듯했다.

1년째 겨울, 꽤나 늦게야 자동판매기에 캔 수프가 등장했다(했던 것 같다). 그때 그 상황은 어쩌면 환상이었는지도 모르겠다, 고 생각했다. 배가 고픈 것도 모르고 하루 종일 빈집에 있었던 그때 일이.

나는 정말 나 자신을 겁쟁이라고 생각하는데, 이제 그만두자, 하고 생각하면 안심이 된다. 어떤 일이든. 환상이라고 생각하는 것도 그렇다. 차라리 후련하다. 그러고 보니 옛날에 사촌 오빠에게 '끈질기지 못하다'라는 소리를 들었다.

그러면서도 스스로 짜증이 날 정도의 절실함으로 캔 수프를 기다렸다. 매일 자동판매기를 보러 갔다. 그래서 1년째 초겨울 처음 그것을 발견했을 때, 아아 아직은 괜찮아, 하고 안도했다.

그런데 올해는, 어라, 벌써 캔 수프가 등장할 계절인가? 였다. 여유가 생긴 것인지, 아니면 단련이 된 것인지.

결혼하기로 마음먹었을 때 물론 나는 이 사람과 평생을 같이 살 것이라고 생각했는데, 나만(아마 남편 역시) 그렇게

자동판매기의 캔 수프

생각했는지, 주위 사람들은 다들(무례하게도) 1년 버티면 잘 버티는 것이라고 말했다. 결혼기념일에는 엄마가 꽃다발을 보내 주는데, 작년이나 재작년이나 카드에는 늘 축하한다는 말이 아니라 놀랍다는 말이 쓰여 있었다.

사실은 나 자신도 놀랍다. 그리고 이 모든 것이 남편의 관용 덕분이라고 생각한다. 남편의 관용.

관용은 우리 집의 키포인트다. 그것 없이는 유지가 안 된다.

하지만 관용은 부부 중 어느 한쪽이 갖고 있으면 충분하지 않을까. 양쪽 다 관용이 넘친다면 그것도 곤란할 것 같다.

남편에게 그렇게 말하면,

"나야 별 곤란할 거 없는데,"

라고 대답하는데, 한쪽이 관용을 갖추고 있다면 다른 한쪽은 정열을 갖춰야 한다는 것이 나의 주장.

"정열이라."

남편은 피식 웃는다.

"그야 아주 넘치지."

그래, 하고 나는 툭 터놓고 인정한다. 위기가 닥쳤을 때,

관용과 정열이 그나마 우리를 구해 준다는 것을 알고 있었다.

"정열도 적당해야지."

남편이 말한다.

"적당한 정열 같은 거 난 싫어."

라고 나는 말한다.

아무래도 아직은 캔 수프를 믿고 있는 모양이다.

방랑자였던 시절

放浪者だったころ

나는 어쩌면
나만의 남자를 원했는지도 모르겠다.

남편과 오랜만에 요코하마에 갔다. 요코하마는 우리가 처음 만난 장소이며 가끔 가는 장소였다. 우리가 방랑자였던 시절에.

　그 무렵 남편은 회사의 기숙사에서 살았고, 나는 가족과 함께 살면서 남자 친구는 반드시 밖에서 만났다. 겁쟁이었다. 밖에서 노는 게 편했다. 타인을 집 안이나 마음속 같은 개인적인 장소로 끌어들이기가 겁이 났다.

　그래서 밖에서 한차례 놀고 나면 갈 곳이 없었다. 공원은 춥고 커피도 벌써 몇 잔이나 마셨고, 그런 때 갈 장소가 없었다. 서로가 자신의 방에는 절대 데리고 가지 않았으니까.

　방랑자 같다. 그런 말을 자주 주고받았다. 같이 돌아갈 장소가 있으면 좋을 텐데.

갈 곳은 없고, 따로 돌아가는 곳에는 가고 싶지 않고, 그래서 밤늦게까지—대개는 새벽녘까지—거리를 어슬렁거렸다.

오랜만에 간 요코하마에서, 일요일 한낮에 죽집 앞에 길에 늘어선 줄 꼬리에 서서, 그런 생각을 했다. 지금 우리에게는 돌아갈 장소가 있다. 그래서 행복한 한편, 신선하고 열기 띤 현재 진행형의 방랑자 커플이 눈부셨다.

좋겠다.

조금은 그런 생각이 들었다.

점심을 먹고 근처 가게에서 중국 과자를 산 후, 우리는 모토마치를 산책했다. 아, 저 홍찻집, 아, 저 슈퍼마켓, 여기저기서 기억과 눈앞의 풍경이 겹쳐진다. 아, 베테와 아하를 샀던 가게. 베테와 아하는 조그만 유리 인형으로 남편이 사준 것이다. 지금은 식기 선반 안에 있다. 요코하마는 날씨도 좋고 사람도 많아 시끌시끌했다.

산책은 즐거운데 아까부터 마음에 걸리는 것이 있었다. 나 혼자서 꽤나 회고적.

이제 그만 가자, 고 먼저 말을 꺼낸 것은 기억에만 반응

하는 것이 싫어서였다. 뒤돌아보는 것은 내 취향이 아니다.

하기야 내 성격상 전진이란 발상은 더더욱 하기 어렵다. 가만히 있는 것을 좋아한다. 특히 좋아하는 남자와 함께 있을 때는, 별이 총총한 하늘 아래 두 마리 양처럼 평온하게, 잠든 것처럼 가만히 있고 싶다.

그런데 결혼은 움직이는 보도 같은 것이어서, 가만히 있어도 앞으로 나아가고 만다. 어딘지도 모르고, 어쩌면 가고 싶지도 않은 장소로. 그래서, 거기서 가만히 있자고 생각하면 그만 뒤로 걷게 된다. 움직이는 보도에 저항하기 위해.

그렇다고 그렇게 가만히 있는 것이 옳은 일인지는 알 수 없다.

때로 생각한다. 이대로 보도에 가만히 서 있으면 어디로 갈까. 하루하루의 생활과 그 초점과, 사고방식과, 남편에 대한 애정과 우정, 그 모든 것이 어디로 갈까.

그 장소를 보고 싶은 심정이 마음 어딘가에는 있으리라. 어디에 도착할 것인지, 그곳을 보고 싶은 마음이. 그래서 이렇게 움직이는 보도를 타고 있는 것이다. 내릴 수도 있는데. 타인과 함께가 아니면 탈 수 없는 보도.

종종 왜 결혼을 했느냐는 질문을 당하는데, 나는 어쩌면 나만의 남자를 원했는지도 모르겠다. 물론 결혼할 당시 그렇게 생각했던 것은 아니다. 지금 생각하면 애정과 혼란과 행복한 우연 끝에 나만의 남자를 원했던 것 같고, 또 누군가만의 여자이기를 절실하게 바랐던 것 같기도 하다. 누군가의 여자. 서글프게도 결혼의 참맛은 이 1 대 1이라는 데 있는 것 같다.

영어는 문법상 아주 빈번하고 자연스럽게 소유격이 붙는다. His girl, my darling, my lady. 사랑에 관한 노래를 몇 곡만 들으면 금방 알 수 있다.

예를 들어 리차드 막스는 그 달콤한 목소리로 "Now and forever I wil be your man"이라고 노래하고, 쉐어는 그 낮고 박력 있는 목소리로 "You are my main man"이라고 노래한다. 메인맨! 대단한 표현이다. 꽤 마음에 든다.

그런데 리차드 막스는 "Now and forever I wil be your man"이라니, 이거 부도 수표 아니야. 홍이다. 하지만 어리석게도 부도 수표라도 좋으니 받고 싶을 때가 있다.

"벌써 가자고?"

노는 데 욕심이 많아 평소 같으면 저녁도 보고 싶고 밤도 보고 싶다면서 어떻게든 돌아가는 시간을 늦추려 애쓰는 아내가 먼저 가자고 하니, 남편은 이상하다는 투로 묻는다. 차는 약간 떨어진 주차장에 세워 놓았다. 차에 오르자마자 나는 아까 중국인 거리에서 산 꽈배기를 깨물었다. 엄청나게 딱딱한 과자다. 창문을 2센티미터 정도 연다. 신선한 공기. 하지만 남편이 춥다고 하자 나는 순순히 창문을 닫는다.

좋은 날씨. 차 안은 모순투성이다. 가만히 있고 싶다면서 움직이는 보도에 올라타기도 하고, 나가고 싶다 할 때는 언제고 이제는 또 돌아가자고 하고.

"왜?"

남편이 묻는다. 나는 "아니, 아무 것도 아니야"라고 대답한다. 이 사람은 방랑자였던 시절을 기억하고 있을까.

후후.

나는 소리 내어 중얼거린다. 그 말의 어처구니없는 울림을 음미하기 위해서.

"부후?"

남편이 딴청을 부린다.

"아기 곰 우후."

이미 남편은 모른다. 우후를 모르다니, 한참 무식하다.

나는 내 왼손을 본다. 우리는 평소 결혼반지를 끼지 않는다. 결혼반지를 늘 끼고 있어야 하다니, 웃기는 일이라고 생각한다. 하지만 나는 내 손가락에 끼고 있었던 그것을 선명하게 떠올릴 수 있다. 금색 반지. 나는 그것을, 저녁때 슈퍼마켓에 갈 때면 슬며시 끼고 나간다. 아내인 척하기 위해.

'척'은 편리한 언어의 하나.

예를 들면 동생과 쇼핑을 하러 갈 때,

"동생인 척해도 돼?"

사고 싶은 것을 발견했을 때 동생이 하는 말. 나는 언니인 척하면서 그것을 사 준다. 반대로 내가,

"언니인 척해도 되겠지?"

하고 물을 때는 여동생의 남자 친구에게 불만이 있을 때.

"너, 최악이다. 그런 남자하고 만나는 거, 그만둬."

나는 언니인 척 그렇게 말한다.

"이거."

나는 가방에서 반지를 두 개 꺼내 한 개는 내 손가락에 끼고 한 개는 남편에게 건넨다.

"아니, 구속하는 거야?"

남편은 놀랐다는 듯이 허풍을 떤다. 그는 결혼반지를 '구속'이라 부른다.

"그래. 잠시 부부인 척하자는 거지."

알았어. 남편은 순순히 고개를 끄덕이고 그 조그만 반지를 약지에 낀다.

그리고 우리는 방랑자들로 북적이는 일요일의 요코하마를 떠난다.

고양이

猫

서로의 비밀을 공유하고 있는 듯한 느낌.

그녀의 생각이 어떤지는 모르겠지만.

요즘 사이가 좋아진 길고양이가 있다. 보들보들하고 몸집이 자그마한 그 고양이는 대개 건너 아파트 주차장에 있다. 보닛 위에서 낮잠을 자든지, 차 밑에서 꼼짝하지 않는다. 예쁘고 조그만 얼굴에 아몬드 같은 금색 눈알이 박혀 있다. 내가 밖에서 돌아올 때면 튀어나와 야옹야옹 애틋하게 울면서 발에 매달린다. 쭈그리고 앉아 손을 내밀면 얼굴을 부벼댄다.

하기야 그녀가 내게는 그러는 것은 아니다. 이 아파트에 사는 사람 중 몇 명에게는 어리광을 곧잘 피우는 모양이다. 산책하는 할아버지를 졸졸 따라다니기도 한다.

그러니 식량 사정이 좋아 실로 사치스런 생활을 누리고

있다. 배가 고프다고 야옹거릴 때도 신선한 생선을 주면 먹지만 샐러드용 통조림 연어나 통조림 참치를 주면 거들떠보지도 않는다. 오만한 고양이다.

그런데 어렸을 때부터 지금까지 동물이라고는 키워 본적이 없는 — 먼 옛날 병아리를 키웠던 경험을 제외하면 — 남편은 그녀의 오만함을 도저히 이해하지 못하는 것 같다.

회사에서 돌아올 때 남편의 발에 고양이가 매달리면 헐레벌떡 뛰어 들어와 싱글거리며,

"먹을 거, 빨리 먹을 거. 아무거든 상관없으니까."

"아무것도 없어. 오늘 저녁은 스튜란 말이야."

이런 때의 남편은 초등학생 같다.

"그럼 채소라도 꺼내 와. 양파든 홍당무든."

"그런 건 안 먹을 텐데."

"그럼 쿠키는? 초콜릿은?"

나는 어이가 없다.

"안 먹어. 그리고 아까 저녁때 어떤 아저씨에게 생선 얻어먹던걸 뭐."

남편은 가방도 내려놓지 않고 현관에 우뚝 선 채,

"그래도 야옹야옹 울던데. 배가 고파서 그럴 거야. 배가

덜 차서. 그러니까 뭐든 좀 꺼내 와 봐."

라고 고집을 피운다. 할 수 없어서 과자 봉지를 건네면 한달음에 뛰어나간다.

고양이는 냄새를 킁킁 맡고는 내키면 날름 입을 대지만 금방 싫증을 내고는 먹지 않는다. 시치미 뗀 표정으로 옆으로 비켜나 털을 핥는다. 남편은 정말 실망한 표정을 짓는다. 그 순간 나는 가슴이 몹시 아프다.

나와 그녀의 교류는 한밤에만 이루어진다.

"초승달이 너무 예쁘다. 산책하러 나가자."

남편의 동의를 얻지 못해 부루퉁한 마음으로 커피잔을 들고 밖으로 나와 그녀와 달구경을 한다. 건너편 아파트 주차장 끝에 마침 적당한 높이의 콘크리트 담이 있어, 나는 그곳에 걸터앉아 커피를 마신다. 고양이는 내 두 발 사이에서 8자를 그리며 걸어다닌다.

남편은 담배도 피우지 않고 집에서는 술도 마시지 않기 때문에, 나는 가끔 늦은 밤에 혼자 그곳에 걸터앉아 찔끔 술도 마시고 담배도 피우곤 한다.

요즘 한동안은 아마레토 소다에 집착하고 있다. 아마레토는 살구로 만든 달콤한 술로 살구 두부 비슷한 향이 난다. 나는 원래 이 맛을 좋아해서 아이스크림에 끼얹어 먹기 시작하면 반드시 어느 쪽이든 한 가지는 끝을 내고 마는데, 소다에 섞어 밤에 밖에 나가 마시면 실로 고혹적인 맛이 난다는 것을 최근에 발견했다.

그렇게 한밤중에 고양이와 함께 멍하니 시간을 보내다 보면 묘한 공범자 의식이 싹튼다. 서로의 비밀을 공유하고 있는 듯한 느낌. 그녀의 생각이 어떤지는 모르겠지만.

물론 나는 그녀에게 비밀을 털어놓지는 않는다.

하지만 그렇게 앉아 있다 보면 '외로움만이 늘 신선하다'고 했던 가네코 미츠하루金子光晴 같은 기분이 들면서, 그녀 역시 그 가냘픈 몸 어딘가에 같은 마음을 감추고 있을 듯한 기분이 든다.

그런데 사실은, 그녀의 성별을 확인한 적은 없다. 확인한 적은 없지만 틀림없이 암놈일 것이라고 믿는다.

나는 때로, 남녀의 교활함의 차이에 대해서 생각한다. 여자의 교활함은 적극적이고 차갑지만(또는 뜨겁지만), 남자의 교활함은 소극적이고 미적지근하다(또는 따뜻하다). 결과는 이런데, 만약 그렇다면 소극적이고 미적지근한(또는 따뜻한) 교활함이 보다 교활한 것 아닐까 하고 생각한다. 생각하면 생각할수록, 보다 교활하다.

예를 들어 어떤 주장을 한다고 치자. 여자는 결과가 어떻게 되든 내 알 바 아니라고 하는 데 반해, 남자는 결과는 정확하게 주시하지만 그다음은 내 알 바 아니라고 생각한다. 이런 경우의 남녀 차이와 비슷하지 않을까.

콘크리트 담에 10분 정도 앉아 있으면 달도 밤바람도 넉넉히 만끽할 수 있다. 아마레토 소다도 다 마셨고 하니 나는 고양이에게 인사를 하고 집으로 돌아가는데, 그때마다 늘 미안한 느낌이 든다. 나는 돌아갈 장소가 있으니까, 돌아갈 장소란 물론 집을 뜻하지 않는다.

하지만 고양이는 낮에 그런 것처럼 내 발에 몸을 부벼대며 아파트 자동문까지 따라오고 싶어하는 몸짓은 절대 보이지 않는다. 모르는 척 고개를 돌리고 얼굴을 핥든지 유유히 차 밑에 자리를 튼다. 그 편이 훨씬 쾌척하다는 듯이.

집 안은 따뜻하지만 텔레비전 소리 때문에 몹시 시끄럽다. 신문과 잡지, 리모컨과 과자 봉지, 귀이개와 손톱깎이와 화장지 통이 여기저기 널려 있고, 그 위로 밝은 형광등 빛이 비친다. 그리고 그런 혼돈 속에 내가 돌아갈 장소가 담요를 둘둘 말고 꾸벅거리고 있다.

고양이

"볼륨 좀 줄여."

나는 말하고 리모컨을 들고 볼륨을 팍 낮춘다.

"신문 봤으면 좀 접어 놓고."

부시럭부시럭 소리를 내며 신문을 접고, 남편의 몸을 몇 번이나 넘나들며 사방을 정리한다.

"먹다 남은 과자 봉지는 고무줄이든 클립으로 묶어 두라고 그랬잖아."

남편은 잠이 들었는데, 나는 작은 목소리로 그렇게 말한다. 말이라도 하지 않으면 불쾌감이 몸 안에 쌓이기 때문이다. 투덜투덜투덜, 만화에 나오는 잔소리 많은 마누라처럼.

정리가 끝나면 남편 곁에 딱 들러붙어 눕는다. 등 뒤에서 껴안으면 남편은 귀찮다는 듯이 인상을 찌푸린다.

외로움만이 늘 신선하다.

나는 마음속으로 그렇게 중얼거린다.

밖에서는 고양이가 금색 눈을 실처럼 감고, 두 팔을 접은 단정한 자세로 조용히 잠들었으리라.

어리광에 대해서

甘やかされることについて

어리광을 피우고 어리광을 피우게 하는 것은
어른의 특권이라고 생각하니까.

갓 결혼했을 무렵, 남편이 출근하기 전에 자기 짐이 들어 있는 박스에서 비디오테이프와 카세트테이프, CD를 꺼내 종류별로 책상에 쌓아 놓았다. 'Johnny Hates Jazz'니 마스오 키요노리니 오자키 유타카 같은 남편이 좋아하는 가수들의 테이프였다.

"이거 듣고 있으면 되겠지?"

자기가 회사에 있는 동안 심심할 테니까, 그래서 배려를 하는 모양인데 내 생각은 달랐다. 갇힌다는 기분이 들었던 것이다.

"당신이 없어도 할 일은 얼마든지 있어."

내가 그렇게 말하자 남편은 조금 놀라는 표정이었다.

"그리고, 내가 들을 음악은 내 손으로 고를 거야."

매사에 예민했던 것이리라. 아침에 회사에 가는 남편을 배웅한다는 것 자체가 혼자 버려지는 듯한 느낌이 들어 싫었고, 남편의 호의는 알지만 쌓여 있는 테이프와 CD가 내게는 외출하기 전 새장에 잔뜩 덜어 주는 모이 같은 것으로 느껴졌다.

물론 지금은 전혀 다르다.

만약 지금도 남편이 자신이 외출한 후의 나를 위해 그런 배려를 해 준다면 얼마나 감격에 겨울까. 기뻐서 포옹이라도 할 것이다. 하루 종일 들으면서 일을 할 것이다. 3년이란 그런 시간이다.

올바름이란 전혀 문제가 안 된다.

결혼하고서 딱 한 가지 배운 것이 바로 그것이다. 올바름에 집착하면 결혼 생활 따위 유지할 수 없다. 나는 남편이 내게 어리광을 피우도록 해 줬으면 좋겠다. 올바르지 않아도 마음껏 어리광을 피우게, 남편이 없으면 아무것도 못하는 사람으로 만들어 주었으면 좋겠다. 그렇게 해 주면 여기에 있는 것이 나의 필연이 되고, 반대로 그렇지 않으면 나는 여기에 있을 필연성이 없어지고 만다. 이웃에 사는 연인처럼 행세해서 안 될 것이 무어란 말인가?

나는 가능한 한 그렇게 하고 있다. 어리광을 피우고 어리광을 피우게 하는 것은 어른의 특권이라고 생각하니까.

예를 들어 남편은 제 손으로 물을 마시지 않는다. "물"이라고 말한다. "마실 거"라고 말하는 경우도 있다. 나는 청소를 하고 있든 반찬을 만들고 있든, 책을 읽고 있든 비디오를 보고 있든 당장에 하던 일을 중단하고 남편에게 물을 갖다 준다. 구운 생선은 뼈를 발라 주지 않으면 먹지 않고, 포도도 껍질을 까서 씨까지 발라내 줘야 먹는다. 처음에는 놀랐지만 지금은 전혀 개의치 않는다. 그래서 행복할 수 있다면 아주 손쉬운 일이다. 서로를 행복하게 해 주는 편이 서로를 길들이는 것보다 훨씬 멋진 일이니까.

선물을 할 수 있다는 것도 결혼하길 잘했다고 생각하는 일 가운데 하나. 결혼하기 전에는 선물로 상대방을 구속하는 것 같아 할 수 없었다. 몸에 걸치는 것은 특히.

남편도 회사에서 간식이 나오면 먹지 않고 반드시 갖고 온다. 대개는 출장을 다녀왔던 사람이 준 기념품으로 낱개 포장된 쿠키거나 만두다. 남편은 그것을 양복 주머니에 넣어 오기 때문에 쿠키는 산산조각이 나 있고 만두는 뭉개져 있기가 일쑤다. 가끔은 한지에 싼―낱개 포장이 안 돼 있어―찹쌀떡을 가져오는 일도 있어, 하마터면 소리를 지를 뻔하곤 한다(이런 건 먹고 와야지. 주머니가 온통 녹말 가루투성이잖아. 도대체 위생 관념이 없다니까. 이게 뭐야! 이걸 나더러 먹으라구! 끝은 다 말라비틀어졌는데!).

하지만 나는 그 말을 삼키고 떡―이미 떡의 형태를 잃은―을 먹는다. 남편이 가져다준 것이니까. 어리광을 피울 수 있는 아내이고 싶으니까.

나는 남편과 있을 때는 무거운 것을 절대로 들지 않는다. 무거운 것은 남편이 들어야 한다고 생각하고, 밤길은 같이 걸어 줘야 한다고 생각한다. 집 안에 벌레가 들어오면 잡아 줘야 하고, 때로 사치스런 초콜릿을 사다 주면 좋겠고, 무서운 꿈을 꾸면 안심시켜 주기를 바란다.

올바르지 않아도 전혀 상관없으니까 그래 주었으면 한다. 결혼은 야만.

나카지마 미유키의 노래에 '바람둥이 여자라 그래도 싫은 남자에게는 웃을 수 없어 아내들이여 당신들이 못된 짓을 하고 있지 않은가'란 가사가 있는데, 정말 그렇다.

갓 결혼했을 무렵, 나는 남편에게,

"나 말고 다른 여자하고도 잘 지내."

하고 말하곤 했다. 잘 지낸다는 것은 물론 연애를 한다는 의미가 아니라,

'서로를 마주하고 만나고, 그 사람을 제대로 보고, 결혼했다는 이유로 그 결과로부터 도망치지 말라.'

라는 뜻이었는데, 지금은 내가 바보였다고 생각한다. 나는 이렇게 말했어야 했다.

다른 여자를 보면 절대 안 돼.

3년이란 시간이 걸려서야 겨우 배웠다. 억지가 통하면 정당한 일은 안 통한다든가.

남자든 여자든 사랑이란 몸을 보호해야 이루어지는 것.

언젠가 쿄겐(狂言, 일본 전통 예능의 하나 — 역주)에서 들었던 구절. 평온하고 사랑에 가득한 결혼 생활을 위해서는 목숨을 걸고 억지를 관철해야 한다.

킵
레
프
트

キープレフト

화해는 싸움의 과정에서 가장 슬프고
가장 절망적인 부분이라고 생각한다.

남편이 자전거를 샀다. 은색 자전거. 뒷자리에 얹어 탔다. 무거워서 둘이 어떻게 탈까 싶었는데—남편은 말라깽이에 힘도 없고, 땡땡(프랑스 만화의 캐릭터—역주)처럼 다리도 가늘다— 무사히 탔다. 기뻤다. 남편을 만난 지 7년인데, 자전거를 같이 타기는 처음이다.

　남편도 오랜만에 타는 자전거라서 핸들이 흔들흔들 위태롭다. 나는 뒤에서 무섭고 겁이 나서, 그만 내릴래, 제발 내려 줘, 하고 계속 웅얼거렸다. 좁은 길은 더 무섭다. 나는 가벼운 첨단 공포증이 있어서, 담이나 화단이 갑자기—남편의 등에 가려 앞이 보이지 않으니까, 정말 갑자기—나타나면 무서워서 오금이 저린다.

"좀 천천히 가."

"핸들도 좀 꽉 잡고."

"제발 차도로 가지 마."

불평만 늘어놓으면서, 아아 나는 남편의 운전을 믿지 못하는구나 하고 생각했다.

그런 주제에 그날은 밤이 늦었는데 또 자전거가 타고 싶어졌다. 잠시 망설이다가 남편에게 부탁해 보았다. 낮에 엉덩이가 너무 아파서, 목욕을 하고 나오면서 발을 닦는 매트—반으로 접어도 방석 대신으로 쓰기에는 너무 크고 털이 긴 그것은 어둠 속에서 유난히 눈에 띄었다—를 들고 나가 뒷자리에 깔았다.

두 번째인데 그래도 무서웠다. 하지만 여름밤은 풀 내음과 벌레 소리가 가득하고, 인적이 드문 주택가를 정처없이 달리자니 신이 났다. 정말 행복했다.

"싸움을 해서 좋은 것은 화해를 할 수 있다는 거지."

제임스 딘이 출연한 영화 〈자이언트〉의 대사다. 하지만 나는 그렇게 생각하지 않는다. 화해는 싸움의 과정에서 가장 슬프고 가장 절망적인 부분이라고 생각한다.

킵 레프트란 단어는 자동차 교습소에서 배웠다. 아무튼

왼쪽으로 붙어서 차분하게 속도를 너무 내지 말고 가라. 차분하게 왼쪽으로 붙어서, 안심하고.

화해란 이 가르침과 비슷하다. 싸움의 원인이 된 어긋남에다 싸우면서 주고받는 말, 본 얼굴과 보이고 만 얼굴, 던진 가시, 꽂힌 가시, 그 모든 것에도 불구하고 아무튼 왼쪽으로 붙어서 속도를 너무 내지 말고 차분하게 흐름을 타는 것.

만약 차를 타고 간다면 어떤 이유에서든 코스에서 벗어날 수 없다.

화해란 요컨대 이 세상에 해결 따위 없다는 것을 아는 것이고, 그것을 받아들이는 것이다. 그러면서도 그 사람의 인생에서 떠나가지 않는 것, 자신의 인생에서 그 사람을 쫓아내지 않는 것, 코스에서 벗어나게 하지 않는 것.

킵 레프트는 정말 처절하다. 그리고 때로는 터무니없을 만큼 어리석다. 해결된 것은 하나도 없는데, 그래도 편하니까.

예를 들면.

남편은 만사를 극도로 귀찮아하는 사람이라서, 회사에서 돌아와 거실에서 양복을 벗으면 그 자리에서 꼼짝도 하기 싫어한다. 갈아입을 옷도 가져다주지 않으면 입지 않고,

콘택트렌즈를 빼러 화장실에 가는 것도 성가셔서, 렌즈 케이스와 세정액과 안경을 갖다 줘야 한다. 누워 있는 남편의 머리에서 50센티미터 떨어진 곳에 있는 리모컨도 집어 달라고 하는 정도이니 결국은 말다툼이 벌어진다. 모기에 물리면 물린 곳을 들어올리고 "약"이라고 말하고, 무슨 약이든 발라 줄 때까지 몇 번이고 채근을 한다. 목욕하는 것도 귀찮아서 슬쩍 물만 끼얹고 나온다. 남편의 명예를 위해서 덧붙이는데, 그래도 아침에는 샤워를 하고 출근한다.

남자는 여자와 같이 살고 싶으면 둘 중에 한 가지를 택하는 길밖에 없다고 생각한다. 청결에 유념하든지, 당신이 아무리 불결하든 그런 것은 상관하지 않는다고 할 만큼 여자를 사로잡든지. 어느 쪽이 손쉬울지는 일목요연하다.

우리 부부는 더블 침대를 사용하기 때문에 이는 심각한 문제이다.

"목욕하기 전에는 침대에 들어오지 마."

끝내 그런 말을 뱉는다. 그러면 남편은 거실에서 잔다.

나는 잠시 모르는 척하지만, 그러다 불안해진다. 미안하기도 하고, 또 왠지 유난히 외롭기도 해서 여름이면 타월 이불을 겨울이면 이불과 베개 두 개를 들고 거실로 나간다.

우선은 자고 있는 남편의 머리 밑에 베개를 끼워 넣고, 그 옆에 내 베개를 놓고 나란히 눕는다. 신기하게도 그러면 편히 잠든다. 남편에게 딱 달라붙어서.

아침에 등에 딱 달라붙어 있는 나를 보고 남편이 말한다.

"어, 왜 여기서 자는 거야?"

목욕도 하지 않는 사람과는 같이 잘 수 없다고 큰소리를 쳤으니, 거북하기 짝이 없다.

그래도 그 후에 같이 마시는 아침의 차는 평온하다. 슬프고 바보스러운 평온함.

킵 레프트.

요컨대 그런 것이다. 앞에서 말한 자전거처럼 결혼 생활의 사소하고 달뜨고 은밀한 행복은 그 평온함을 바탕으로 하지 않고서는 성립하지 않을지도 모른다는 것을 우리는 슬슬 감지하고 있다. 싸움과 킵 레프트의 끝없는 반복 속에서, 끝없는 나날 속에서.

RELISH

RELISH

남편은 아마도 나의 'devil person'이리라.

작년 여름, 남편과 후쿠시마에서 복숭아를 땄다. 맑게 개인 환한 날, 복숭아밭은 조용하고 사랑스럽고 좋은 냄새가 났다. 동그랗게 익은 복숭아를 따서 나무 그늘에 앉아 껍질을 까면서 먹었다. 살랑살랑 바람이 불어 기분도 좋았다. 갑자기 행복감에 젖은 나는 결혼이란 참 좋은 거네, 하고 생각했다.

　　때로 그런 일이 있다.

　　역시 작년 여름, 일요일에 남편과 슈퍼마켓에 가서 식료품과 잡화를 산더미처럼 사들였다. 눈이 부시도록 화창하고 더운 날, 남편은 주차장 3층에 세워 둔 차를 가지러 쾅쾅 발소리가 울리는 철근 계단을 올라갔다. 그동안 나는 주차장 출구에 서서 발치에 하얀 슈퍼마켓 봉투를 몇 개나 내려놓고 기다렸다. 손에는 바나나 셰이크를 들고 있었다.

커다란 종이컵에 바나나 셰이크가 절반 넘게 남아 있었다. 뚜껑에 빨대가 꽂힌 그 종이컵은 물방울이 돋아 눅진거렸다.

슈퍼마켓에 오는 길에 지난 패스트푸드점에서 셰이크 축제(?)를 하면서 평소보다 50엔인지 100엔을 싸게 판다는 포스터를 본 남편은 당장에 셰이크를 사겠다고 고집을 피웠다.

"풍선껌 같은 맛이 날걸. 두고 봐."

자랑할 것까지야 못 되지만 나의 그런 감은 곧잘 들어맞는다. 그리고 셰이크는 정말―그렇게 말한 내가 놀랄 정도로―풍선껌하고 똑같은 맛이 났다. 들쩍지근하고, 한 모금 먹으면 더 이상은 못 먹을 맛.

남편은 한참을 쭉쭉 빨더니 종이컵을 내밀며,

"줄게."

라고 말했다.

일요일, 지유가오카에 있는 피코크의 주차장에서 나는 손에 든 끈적끈적한 바나나 셰이크가 왠지 좀 이상하게 느껴졌다. 슬로프에서 잇달아 차들이 내려온다. 앞 유리창에 반사되는 햇살이 눈부시다. 낯선 사람들이 탄 차. 대개는 부부로 보였다. 하기야 피코크니까.

나는 남편의 차를 기다리면서 마음속으로 결혼 생활이란 이 바나나 셰이크처럼 어이없는 것이라고 생각했다. 그리고 그렇다고 그리 나쁜 것은 아니라고.

결혼하고야 내가 지겹도록 사리 정연한 성격이라는 것을 알았다. 결혼이란 전혀 사리에 맞지 않는 것이니, 거의 심신의 파멸.

다만 결혼하고야 나는 분노를 오래 유지하지 못한다는 것도 알았다. 그 때문에 모든 것이 한층 혼란스럽다.

그러나 결국 결혼이란 그럼에도 혼자이길 선택하지 않는 것이라고 생각한다. 같이 있지 않는 편이 마음 편하다는 것을 알면서도 같이 있는 것.

이런 것하고 비슷하다.

'devil food'. 알코올 중독자의 알코올처럼, 알면서도 멀리할 수 없는 음식물을 'devil food'라고 하는 모양인데, 다이어트 책에 쓰여 있었다.

과거, 나의 devil food는 아이스크림이었다.

그 음식물 자체가 나쁜 것은 아니다. 알코올이든 아이스크림이든, 다른 사람들에게는 맛있는 기호품이다. 다만 어떤 유의 인간에게는 반드시 끊어야 하는 것이다. 그 책에는 평생 포기해야 한다고 분명하게 쓰여 있었다. 1년이나 한 3년 끊는다고 해서 해결되는 것은 아닌 모양이다.

하기야 나는 그 글을 읽고, 아이스크림 없는 인생을 택하느니 차라리 악마에게 몸을 팔겠다고 결심했지만.

남편은 아마도 나의 'devil person'이리라.

전에 이자벨 안테나가 어떤 잡지의 인터뷰에서,

"단 일주일도 혼자 자기 싫다."

라고 말한 것을 본 적이 있는데, 그 마음을 족히 이해한다. 누군가와 함께 잔다는 것, 달라붙어 잔다는 것.

나는 일하는 아내라서, 내가 뭘 하는지 남편이 모르는 시간이 제법 많다. 남편이 모르는 지기도 물론 있다. 여행도 다니고, 새벽까지 마시고 돌아오는 일도 있다. 남편이 그런 나에 대해 어떻게 생각하는지 물어본 적은 없지만, 내게서 그런 생활을 빼앗으면 내가 공황에 빠지리란 것을 남편은 알고 있다.

상대방이 모르는 장소에서 어떻게 시간을 보내든, 하루

가 끝나면 아무튼 같이 잔다.

"Relish"란 단어가 있다. 맛본다, 맛있게 먹는다는 의미의 동사―명사일 때는 맛, 기호 등의 뜻― 인데 목적어가 두 종류다. 음식과 생활. "I relished the cake." 나는 그 케이크를 맛있게 먹었다. 또는 "She relishes new life with a cat." 그녀는 고양이와 같이 사는 새 생활을 즐기고 있다. 생활이란 맛보는 것이다. "Relish", 내가 좋아하는 단어다. 그렇게 살고 싶다. 케이크나 아이스크림을 맛보듯이.

하지만 그런 생활이 언제까지 계속될지는 알 수 없다.

나는 '죽음이 우리 둘을 갈라놓을 때까지'란 말로 맹세한 사랑이나 생활은 어디까지나 결과라고 생각한다. 적어도 목적은 아니라고 믿고, 찰나적이고 싶다. 늘 그때그때의 상황에 따라 결정하고 싶다.

지금까지는 남편과 같이 있다. 그것이 전부다. 그리고 같이 있는 동안은 함께하는 생활을 마음껏 맛볼 수 있다면 좋겠다고 생각한다. 언젠가 헤어질 때가 오면 조금은 울지도 모르겠지만. '죽음이 우리 둘을 갈라놓을 때까지' 함께한다면, 아마 더 울지도 모르겠다.

널찍한 공원 옆 좁다란 아파트로 이사한 지 3년이 되었다. 봄이면 온 동네에 흐드러지게 벚꽃이 피고, 가을이면 바람에 단풍잎이 살랑거리는 아름답지만 불편한 주택가다. 하지만 부부 싸움을 하고 뛰쳐나가면 밤새 영업하는 데니스가 있고, 택시를 타고 한밤의 거리를 15분 정도 달리면 아침 4시까지 문을 여는 책방이 있고, 화가 가라앉을 때까지 자동차의 흐름을 바라볼 수 있는 육교가 있어 마음에 드는 동네다.

이곳에서의 생활은 아주 가끔 나무 그늘에서 먹는 복숭아처럼 달콤하다. 우리는 아직은 한동안 이곳에 머물려 한다.

끝으로
おわりに

　결혼한 지 2년이 되어 가는 가을에서 3년이 되어 가는 가을까지 쓴 에세이를 모았습니다.

　상황이 시시각각으로 변하니, 이 글들은 이미 하나의 이야기입니다. 지나간 이야기.

　하지만 버들가지에 부는 바람처럼, 그저 받아넘기기만 할 뿐 세월이 흘러도 서로에게 길들지 않는 남녀의 행복하고 불행한 이야기라면 좋겠습니다.

　영어에 "rock the boat"란 말이 있습니다. 괜스레 일을 골치 아프게 만들거나, 위험을 알면서도 사건을 일으킨다는 의미로, "Don't rock the boat now.", "Let's rock the boat."란 식으로 표현되는데, 나의 보트는 내내 흔들리고 있습니다.

아서 랜섬은 아니지만, 나나 우리 남편이나 바다로 나갈 생각은 아니었습니다.

하지만, 바다는 정말 재미있는 곳이죠.

이 글들은 항해 기록입니다. 무슨 말이든 써도 상관없다고 말해 준 남편에게 감사합니다.

몇 달 전에 그 아파트에서 이사를 했습니다. 하지만 지금도 역시 공원 옆에 살고 있습니다.

오늘은 월요일이고, 늦더위가 극성을 피우고 있고, 남편은 회사에 갔습니다. 저녁 반찬으로는 꽁치를 구울 생각입니다.

—에쿠니 가오리

작품 해설

몇 년 전, 잡지 일 때문에 에쿠니 가오리 씨와 함께 온천에 갔다. 목욕을 좋아한다는 공통항을 지닌 우리 둘은 일과는 무관하게 노천탕을 1시간이나 즐겼다.

그 1시간 동안 많은 얘기를 나눴는데, 물론 갓 결혼한 에쿠니 씨의 신혼 생활 얘기도 들었다. 얘기 끝에 "결혼 생활을 테마로 한 에세이를 여성지에 연재하기로 했어요"라고 에쿠니 씨가 말했다.

그 여성지 무사할까, 하고 나는 생각했다. 에세이보다 훨씬 스펙터클한 글이 될 것 같아서였다. 그런데 단행본으로 묶여 나온 글을 보니 나의 예상과는 전혀 달랐다.

아니 예상보다 훨씬 스펙터클하고, 훨씬 무서웠다.

그렇다, 이 책은 위험한 책이다.

한참 사랑에 빠져 있는 사람들이 증오를 생각하고,

증오에 빠져 있는 사람들이 사랑의 기억을 추억하고,

혼자인 사람은 둘이 되고 싶어하고,

둘인 사람은 혼자가 되고 싶어할 테니까.

우리는 이 책에서 에쿠니 가오리 씨의 결혼 생활을—아마도 기대했던 것만큼은—엿볼 수는 없다.

물론 처음에는 현혹된다. 그녀가 꼼꼼하게 얘기하는 공원과 추리 소설과 음악과 남편의 묘사에.

그러다 점차 혼란스러워지기 시작한다.

예를 들어 그녀는,

비는 소염 작용을 한다고 생각한다. 그러니까 가령 감정의 기복—예를 들면 연애—이 어떤 유의 염증이라고 한다면 비는 매우 위험한 것이라고 할 수 있다. 〈비〉

라고 쓴다.

또는 결혼하고 매일 아침 립글로스를 발라 입술이 '번들거리게' 하는 이유로,

인생이란 어디서 어떻게 변할지 알 수가 없다. 언제 헤어지게 되더라도, 헤어진 후에 남편의 기억에 남아 있는 풍경 속의 내가 다소나마 좋은 인상이기를, 하고 생각한 것이다. 〈풍경〉

이라고 쓴다.

우리는 불안해진다.

아마도, 페이지를 아무리 넘겨도 착지 지점이 보이지 않으니까…….

　　벌써 10년 전 일인데, 다양한 경우의 '이혼'을 재구성해서 소개하는 악취미적인 텔레비전 프로그램이 있었다. 그 가운데 '고등어 된장 조림 이혼'이란 경우가 있었다.

　　일 때문에 하루하루가 바쁜 아내가 어느 날 집에 들어오니 남편―직업이 없거나, 있어도 아내보다 수입이 적은―이 고등어 된장 조림을 만들어 놓고 기다리고 있었다. 그 순간 아내는 이혼을 결심했다는 얘기.

　　나는 당시, 고등어 된장 조림이 뭐가 어때서, 좋은 남편이네, 하고 생각했다.

하지만 지금은 그때보다 나이도 먹었고 결혼도 한 덕분에, 그 아내가 증오했던 것은 고등어 된장 조림 자체가 아니라 고등어 된장 조림으로 상징되는 무수한 것들이었음을 안다.

한편 세상에는 남편이 고등어 된장 조림을 만들어 주어 식어 가던 애정이 되살아났다는 아내도 틀림없이 있을 것이다.

그리고 고등어 된장 조림 때문에 남편을 체념한 아내와 사랑을 재확인한 아내 사이에는 아내들의 백만 가지 아니 억만 가지 이야기가 존재한다는 것도 알고 있다.

이 책이 우리를 불안하게 하는 까닭은 아마도 여기에 쓰여 있는 이야기가 억만 가지 가운데 하나가 아니라 억만 가지 이야기가 존재한다는 가능성, 그 자체이기 때문일 것이다.

에쿠니 가오리는 '행간'의 작가다.

그녀의 문장이 행간을 시사하는 것이 아니라, 행간이라고 표현할 수밖에 없는 것을 퍼올리는 것이 그녀 작품의 특성이기 때문이다.

예를 들면 행복과 불행 사이.

사랑과 증오 사이.

혼자와 둘 사이.

온갖 사이사이에 보이는 것이 있다면 그것은 무엇일까.

나는 '고독'이라고 생각한다.

억만 가지 이야기가 존재할 가능성 속에서, 오직 나 혼자라는 고독.

그래서 우리는 에쿠니 가오리의 소설을 읽으면 강해지기도 하고 약해지기도 한다. 만화경 속에 보이는 무늬가 들여다볼 때마다 바뀌는 것처럼.

이 책의 경우 '행간'을 '틈새' 혹은 '균열'이라고 바꿔 말해도 좋다.

나는 한없는 빙하를─경우에 따라서는 흩날리는 벚꽃잎을─떠올린다. 이 책에 쓰여 있는 것은 얼음과 얼음 사이의 균열, 또는 허공을 나는 꽃잎과 꽃잎의 틈새다.

알고 보니 나는 그 가장자리에 서 있다.

재수가 없으면 떨어진다.

떨어지면, 그곳은 깊고 끝이 없다.

그리하여 간신히 출구가 보이는가 싶었는데, 그것은 결국 자신의 내부와 연결되어 있다는 것을 안다.

때로, 외간 여자가 되고 싶다고 생각한다. 외간 여자란 요컨대 아내가 아닌 여자. 〈외간 여자〉

나는 기억한다, 그날, 식탁 의자에 앉아 멍하니 정신을 놓고 있을 때, 문득 싱크대 주변을 보고는 그 광경과 자신의 친밀함을 깨닫고 놀랐던 일을.

종종 왜 결혼을 했느냐는 질문을 당하는데, 나는 어쩌면 나만의 남자를 원했는지도 모르겠다. 물론 결혼할 당시 그렇게 생각했던 것은 아니다. 지금 생각하면 애정과 혼란과 행복한 우연 끝에 나만의 남자를 원했던 것 같고, 또 누군가만의 여자이기를 절실하게 바랐던 것 같기도 하다. 〈방랑자였던 시절〉

나는 기억한다, 나 역시 종종 남편이 모는 자전거 뒤에 올라타고 산책을 나서는데, 남편의 견갑골과 견갑골 사이에 내 머리가 신기할 정도로 쏙 파묻혔던 것. 그때 느끼는 안정감과 비슷한 분량의 불안정—이 '나는 어쩌면 나만의 남자를 원했는지도 모르겠다'라는 구절은 내 안에 파문을 일으키기에 충분했다. '지도 모르겠다'니! 나는 지금까지 나만의 남자를 원하기에 결혼을 하는 것이라고 믿어 의심하지 않았는데. 그렇지 않다면 무슨 이유로 결혼을 한다는 말인가, 하고 생각하기 시작하니 점점 수렁에 빠지고 말았다.

그런데 후기에는 '이야기'란 말이 등장한다.

그렇다면 실제로 〈당신의 주말은 몇 개입니까〉는 픽션일까 논픽션일까.

에쿠니 씨는—아마 본인은 잘 모르겠지만—말솜씨가 교묘하다.

새삼스레 생각해 보니 그녀가 얘기를 꺼내면 어떤 얘기든 스펙터클하다.

나는 늘, 그녀의 얘기를 들으면서 "와, 굉장하다", "아 무섭다", "와, 와" 하고 반응해 놓고는 헤어진 후 열이 식으면 '아아, 또 당했네' 하고 생각한다.

그렇다면 이 책은 픽션일 가능성도 있지만 그러나 '가장 중요한 거짓말은 자신을 위해서 한다'라는 진실과 더불어 생각하면 역시 논픽션이 아닐까 싶은 생각도 든다.

그래서 또 한 가지.

거짓과 진실의 사이란 틈새가 출현해 우리의 마음을 울린다.

—이노우에 아레노

옮긴이의 말

　결혼이 연애와 다른 것은 생활의 장을 공유한다는 데 있
다. 그래서 결혼은 첨예한 문화 충돌일 수밖에 없다.

　이삼십 년을 다른 문화 속에서 생활하고 그 생활 패턴에
익어 있는 남녀가 어느 날 갑자기 만나 불꽃 튀는 연애를
했다 한들, 결혼에 돌입하는 순간 생활이란 걸림돌은 그들
을 그냥 사랑이나 나누라고 뒷짐지고 있지 않는다.

　신혼 시절이 깨소금 맛 같지만 않은 까닭이다.

　연애 시절에는 그토록 멋지고 듬직해 보였던 남자가 집
에 돌아오면 드러누워 리모컨이나 만지작거리는 남자로
돌변했다 한들, 그토록 자상하고 매너가 좋았던 남자가 손
가락 하나 까딱 안하는 게으름뱅이로 돌변했다 한들, 그토

록 제 몸은 둘째치고 여자를 아꼈던 남자가 감기만 걸려도 벌벌 떠는 남자로 돌변했다 한들, 그것은 돌변이 아니다. 다만 연애 시절에 그 남자의 전부를, 그 남자를 키워 온 문화를 보지 못했을 뿐이다.

남자의 경우에도 마찬가지다.

연애 시절에는 그토록 고분고분하고 사랑스러웠던 여자가 이래라저래라 잔소리에 바가지만 긁는 여자로 돌변한 것이 아니라, 다만 그 여자가 지금까지 몸담고 있었던 문화를 알지 못했기에 달라진 것처럼 보일 뿐이다.

생활이란 이렇게 사랑만을 원했던 두 사람의 전부를 발가벗겨 놓는다.

하지만 한편 결혼이란 믿음이며 안심이다.

보이고 싶지 않지만 보여도 용서받을 수 있을 것이란 믿음이 허용되고, 굳건히 지켜 왔던 껍질이 발가벗겨져도 부끄럽지 않고, 때로는 안심하고 자기를 해방시킬 수도 있는 생활의 장. 그래서 옥신각신 충돌 속에서도 조화와 새로운 문화가 싹틀 수 있는 것이다.

그리고 무엇보다 결혼이란 서로의 인생을 건 약속이다.

검은 머리 파뿌리 되도록 사랑하겠노라, 가 아니라 인내

하고 받아들이고 그리고 삭이겠노라는. 그래서 밀고 당기고 부딪치는 충돌이 있어도 함부로 배제하고 거부하지 못하는 것이다.

범인의 결혼도 이렇듯 예사롭지 않은데, 과연 작가의 신혼 생활은 어떤 모습일까.

작가란 허울 속에서 그 풍경은 과연 어떤 그림을 그려 낼까.

〈당신의 주말은 몇 개입니까〉는 작가 에쿠니 가오리가 이런 명제하에 자신의 신혼 풍경을 그려 낸 그림 모음집이다.

우리는 이 그림들을 하나하나 펼쳐 보면서, 작품 너머에 있는 작가로서가 아니라 에쿠니 가오리란 개인이 결혼이란 문화의 충돌을 어떻게 받아들이고 헤쳐 나가고 또 어떻게 조화를 일궈 내는지에 나도 모르게 고개를 끄덕이게 된다. 거기에 있는 것은 작가이기에 앞서 한 남자를 사랑하여 연애하고 결혼했고, 기대고 싶고 안기고 싶고 안아 주고 싶어하면서도 자기 자신을 잃어버리려 하지 않는 내 안의 여자이기 때문이다.

—김난주

옮긴이의 말

당신의 주말은 몇 개입니까

펴 낸 날 | 2023년 9월 10일 개정판 1쇄

지 은 이 | 에쿠니 가오리
옮 긴 이 | 김난주
펴 낸 이 | 이태권

책임편집 | 윤주영
북디자인 | 박은정

펴 낸 곳 | 소담출판사
서울특별시 성북구 성북로5길 12 소담빌딩 301호 (우)02880
전화 | 02-745-8566   팩스 | 02-747-3238
등록번호 | 1979년 11월 14일 제2-42호
e-mail | sodambooks@naver.com
홈페이지 | www.dreamsodam.co.kr

ISBN 979-11-6027-311-3 03830